KB023892

코 떼인 경주 남산

AO | 03

코 떼 인 경주 남산

이하석 시인과 함께

천년의 불국토를 걷다

한티재

책을 펴내며

계간 『작가세계』에 2003년(제56호)부터 3년 동안 연재한 글이다. 꽤 세월이 흘러 현지 사정이 바뀐 경우도 더러 있다. 그에 맞게 고치고, 내용도 보완했다. 사진도 다시 찍었다. 사진 작업은 지난가을부터 올봄 사이에 집중적으로 이루어졌다. 사진은 정용태 형에게 많이 의지했다. 김성경, 김수상 씨 들이 함께 동행하여 새삼 즐거운 산행이었다.

더러 내가 끄적거린 몇 점의 그림도 삽화로 넣었다. 산행길에 스케치하거나 스마트폰으로 찍은 걸 참고하여 거칠게 그린 것이다.

남산에 대해 뭔가를 말한다는 건 한국 불교를 말한다는 것이기도 한데, 불행하게도 나는 그런 면에서 한심할 정도로 무식하다. 그래서 늘 겉만 보고 지나치게 마련이라는 아쉬운 생각을 하곤 했다. 그래도 그냥 돌을 손으로 쓰다듬는 것만으로도 행복했던 때가 많았다고 말해야 한다. 비록 그 깊은 세계를 속속들이 헤아리지 못하고 거죽만 성글게 훑고 말았다 해도 그 만남 자체가 주는 놀라운 경험이 새로웠다. 여느 산과 달랐기에 그랬으리라.

남산은 그리 크지 않다. 그런데도 골과 등성이가 많으며, 골골마다 깊이와 표정이 아주 다채롭다. 바위들마다 숭고미와 아취미를 특별하게 자아낸다. 수많은 불교 유적이 밀집되어 있어서 그럴 것이다. 골이 많은 데다 바위가 많다. 신라 땐 이 산 주위가 경주 시가지로 둘러싸여서 서라벌 사람들이 수시로 오르내렸다. 그런 가운데 종래의 바위 신앙이 그대로 부처 신앙으로 이어져 수많은 절들이 조성되었으리라.

남산의 불적은 나름대로 다 기이하고 아름답지만, 대

부분 자연을 왜곡하거나 변형하지 않는다는 특징을 지닌다. 불상이 있을 만한 곳이면 꼭 불상이 있고, 탑이 있을 만한 자리에는 어김없이 탑을 세웠다. 탑과 불상이 있는 가람의 자리가 비탈이면 비탈, 협소한 골짜기면 골짜기에 나름의 공간을 최대한 활용하여 무리함이 없이 적절하게 조성하였다. 그래서 정해진 형식 없이 장소에 맞추어 조성한 듯 가람의 배치와 조성 방식이 어떤 경우든 그 자리에 꼭 맞게 짜여 있다.

특히 마애불은 남산이 가진 최고의 매력이다. 바위 신앙의 변형인 마애불은 석굴사원의 형식을 띠면서 다양하게 발현되었을 것이다. 거대한 암석에 새겨진 것은 불상이지만, 밝은 세상을 꿈꾼 신라인의 순수하고 열정적인 마음의 표현이기도 했다.

이 연재 덕분에 남산의 매력에 눈을 뜨고 나서는 남산 사랑이 더욱 깊어졌다. 이를 책으로 엮는 것은 그 생광스러움을 자랑하고 나누고픈 마음 때문이리라. 남산에 관한 소개서는 적지 않지만, 이를 보다 집중적으로 조명하고 입체적으로 소개한 경우는 드물다. 그런 면에서 온전히 발로 뛰어서 구석구석을 챙긴 이 책은 남산 알기에 좋은 길잡이로서 한몫하리라 여긴다.

한편으로는 고인이 된 윤경렬 선생을 추모하는 마음으로 이 책을 썼음도 밝힌다. 1980년 경주 일대와 남산을 집중적으로 답사할 땐 늘 선생과 함께였다(이하석, 『삼국유사의 현장기행』, 문예산책, 1995 참조). 그때 들려주셨던 말씀들이 이 책에 고스란히 반영됐다.

이 글을 연재했던 오래전 『작가세계』를 대학 도서관 정기간행물실을 뒤져 어렵사리 찾아내준 노태맹 시인이 아니었다면 책을 펴낼 엄두를 내지 못했을 것이다. 당시 잡지에 원고를 보낸 뒤 원본을 챙겨 두지 않아 빠진 글들이 많았기 때문이다. 노태맹 시인께 고마움을 전한다.

동국대 경주캠퍼스 국문과 겸임교수인 한티재 변홍철 편집장에 따르면, 올해 2학기 편집기술론을 수강한 학생들이 출판편집 실습의 일환으로, 이 책 원고를 검토하는 것부터 교정교열까지 작업에 실제로 참여하면서, 저자가 놓친 몇 가지 오류를 지적하고 바로잡는 등 도움을 주었다고 한다. 마침 경주에서 공부하는 학생들이 이 책이 나오는 데 힘을 보태주었다고 하니, 각별한 인연에 감사 드린다.

오은지 대표를 비롯한 한티재 팀들의 민감한 거듦과 자상한 챙김은 자주 내 원고를 돌아보게 만들고 감동을 주었다. 고마운 마음을 전한다.

차

례

~~~~~~

~~~~~~

이하석 시인과 함께 걷는
경주 남산 주요 지점

* 번호는 글의 순서에 따랐습니다.

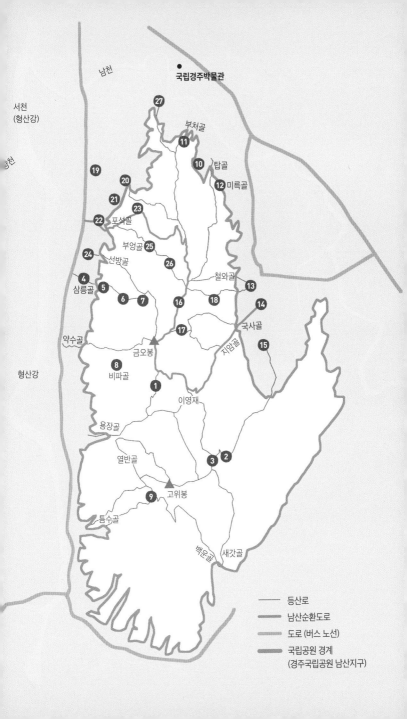

남천

서천
(형산강)

국립경주박물관

㉗

부처골
⑪

⑩ 탑골

⑲

⑫ 미륵골

⑳

㉑

㉓

㉒ 포석골

㉕ 부엉골

㉔

선방골

㉖

철와골
⑬

④

삼릉골

⑤

⑯

⑱

⑥ ⑦

⑭

국사골

약수골

⑰

⑮

금오봉

지암골

⑧

비파골

①

이영재

용장골

열반골

③ ②

⑨ 고위봉

틈수골

백운골 새갓골

형산강

——— 등산로

——— 남산순환도로

——— 도로 (버스 노선)

——— 국립공원 경계
　　　(경주국립공원 남산지구)

일러두기

- 문화재로 등록된 유물은 정식 명칭과 종목을 괄호 안에 표기했다.
- 책에 실린 사진은 2019년과 2020년에 찍었다. 저작권자를 별도로 표시
  하지 않은 사진은 모두 저자가 직접 찍은 것이다.
- 그림은 모두 저자가 그렸다.

천년의 불국토,
경주 남산

모량천변의 조망

건천에서 흘러내리는 모량천이 서천, 곧 형산강과 선
도산 남편 들판에서 만난다. 그 두물머리 어귀에서 보는
남산의 전망이 늘 가슴을 설레게 한다. 고등학생 시절부
터 이 냇가에 앉아서 남산 조망하기를 좋아했다.

이곳은 고속도로가 없던 시절, 서편에서 경주에 드는
유일한 길목이었다. 내 건너 선도산 남쪽 자락을 돌아 무
열왕릉을 지나 들판 길로 내려서서 서천을 건너면 경주

시내다. 경주행 버스를 타고 가다 이쯤에서 내려 곧잘 슬금슬금 걷곤 했다. 남산을 보면서 걷는 것이었다. 푸르스름하니 펼쳐진 남산의 전경이 한눈에 드는 게 그렇게 아름다울 수가 없었다.

지금은 예전 같지 않다. 고속도로가 뚫리면서 경주인터체인지가 가까이 생기고, 거기서 남산 쪽으로 뻗은 길로 인해 남산 조망의 하단 부분이 어지러워졌다. 건천에서 경주 사이의 들과 산에도 많은 도로가 생겨났다.

그래도 나는 이곳에서 냇가를 서성이며 보는 남산을 좋아한다. 들 지나 형산강 건너 아련히 뻗어 내린 굵은 서남산의 능선은 언제나 생동감이 넘친다. 동남산이 여성적인 부드러움으로 느껴지는 데 반해 서남산은 남성적인 굳센 힘을 느끼게 한다. 이와 관련된 유명한 설화도 이 지역에 전해 온다.

동방의, 가장 먼저 아침 해가 비치는 이곳에 두 신이 찾아온다. 한 신은 검붉은 얼굴에 억센 근육의 남신이고, 또 한 신은 부드러운 몸매의 여신이다. 두 신이 서라벌을 보고 "여기가 바로 우리가 살

형산강에서 바라본 경주 남산.

만한 곳!"이라 외친다. 그때 강가에서 빨래하던 한 처녀가 그 소리에 놀라 고개를 드니 거대한 두 남녀가 걸어오는 게 아닌가. 질겁을 한 처녀는 그 거대한 남녀 신을 까마득히 올려다보면서 "산 봐라!"라고 외마디 소리를 지르다 정신을 잃고 쓰러진다. 발 아래서 들리는 처녀의 외마디 소리에 두 신은 우뚝 멈춰 서서 그대로 산이 되어버린다. 여신은 남산 서편의 부드러운 망산이 되고, 남신은 검붉은 색깔로 울퉁불퉁하고 억세게 생긴 남산이 된다.

남산이 생기게 된 까닭을 밝힌 설화다. 그래서 그런가, 망산(望山)이라는 이름 자체가 남산을 연모하는 뜻을 지닌 듯하다. 망산은 남산 서쪽 서천 건너에 있다. 작지만 여성적인 아름다운 산의 자태가 매력적이다. 이런 예쁜 망산을 두고 흠모하는 정이 주변의 산들 사이에서 안 나올 수 없다. 그 음심을 가장 많이 낸 산이 선도산이다. 선도산 아래 고속도로 건너편에 우뚝 선 벽도산도 강렬한 구애의 몸짓을 하고 있다. 이 산들은 혈기 넘치는 남성적 매력을 발산하며 집요하게 망산을 향해 추파를 던진다. 그러나 망산의 시선은 남산에 못박혀 있을 뿐이다. 남산 역시 망산을 향해 그윽한 눈길을 던진다. 산과 산이 나누는 이런 교감의 설화는 영원히 변치 않는 사랑을 갈구하는 경주 사람들의 마음이 투영된 것일 터이다.

산이 멈춰 서는 설화는 전국에 산재한다. 대구 비산(飛山)동 설화도 그 가운데 하나다. 거대한 산이 날아가는 것을 냇가에서 빨래하던 처녀가 발견하고 소리를 치자 그만 산이 내려와 그 자리에 서버렸다는 이야기. 이런 이야기들 속에 등장하는 산과 냇물, 그리고 빨래하는 처녀의 설정은 성적인 얽어짜임이라는 게 느껴진다. 음과 양의 조화를 말하고 있다. 경주 남산과 망산의 설화는 그런 의미에서 이 지역이 음양의 조화가 순조로운 복지라는 것을 은연중 드러낸다. 설화가 남산을 끌어들여 풀어내지고 있다는 점에서 경주에서 남산의 비중이 얼마나 큰지 짐작할 수 있다.

그러나 지금은 그 정서가 잘 느껴지지 않는다. 산의 빛깔부터 예전 같지 않다. 젊은 시절 이곳에서 본 남산은 설화에서 말한 대로 검붉은 기가 서린 파스텔 톤의

엷고 맑은 청색 기운에 싸여 있었다. 그 기운 때문에 산이 예사롭지 않고 신비하게 느껴졌다. 그러나 지금은 산 전체 빛깔이 짙은 녹색으로 바뀌어 있다. 과거에는 울퉁불퉁한 산의 골격이 잘 느껴졌으나 지금은 짙은 녹색 속에 감춰져 그 골격이 잘 드러나지 않는다. 남산은 돌이 많다. 반월성 쪽으로 뻗은 북쪽 산자락 외에는 대부분이 화강암의 암석들이 중첩되어 있다. 그런 토질에는 소나무가 군락을 이루게 마련이지만, 척박한 지표 때문에 그나마 나무들이 별로 많지 않았다. 그래서 바위들이 그대로 드러났다.

신라시대의 경주 남산에 숲이 울창했으리라는 추정은 막연하고 근거 없는 것이다. 남산은 얇은 표토층을 제외하면 산 전체가 큰 바윗덩어리로 된 산이다. 바위를 덮고 있는 표토도 모래가 많이 섞여 있고 기름진 흙이 아니다. 즉, 경주 남산은 울창한 숲이 형성될 수 있는 기본 조건을 갖추지 못하고 있을 뿐만 아니라 한번 황폐해지면 쉽게 자연환경이 복구되기도 어려운 곳이다.

신라시대 남산에는 백 곳이 넘는 절이 있었다고 한다. 속인이든 승려든 밥(공양)은 해 먹어야 하고, 추우면 불을 때야 체온을 유지할 수 있다. 또 남산에는 토성[南山舊城]과 석성[南山新城], 도당산(都堂山) 토성이 있었다. 성은 외적이나 반란군을 제압하기 위한 근거지이다. 성 위에서는 사방이 두루 잘 보여야 한다. 그러기 위해서는 있는 나무도 베어내고 시야를 확보해야 한다. 그 많은 절의 승려와 절을 찾아온 속인들이 공양할 밥을 짓고 난방을 할 때 모두 산 아래에서 가져온 참숯만 썼단 말인가?

— 박홍국 글, 안장헌 사진, 『신라의 마음 경주 남산』

(한길아트, 2002)

그러나 지금은 남산 전체가 숲으로 빽빽하니 덮여 있다. 소나무들이 주종을 이루지만, 활엽수들의 침투가 왕성하게 이루어지고 있다. 한 세대 이상을 지속해 온 나무 심기와 가꾸기 덕분이다. 꾸준히 가꾸니 척박한 곳이나마 숲은 우거지는 것이다. 그래서 산 빛이 다른 것이다. 산에 나무가 많이 우거지는 것은 더없이 좋은 일이지만 그 바람에 남산 조망의 맛은 훨씬 덜해진 것을 느낀다. 남산만은 옛 모습 그대로 고스란히 있기를 바라는 마음이 그렇게 치우친 생각도 갖게 만드는 모양이다.

소나무숲 위로 뜬 산

서남산은 옛날 거대한 소나무숲의 녹색 파도 위에 떠 있었다. 서천 양안에 엄청난 규모의 숲이 형성돼 있었다.

남산을 조망하길 좋아하던 곳을 두물머리 어귀라 했는데, 넓게 보자면 세물머리 어귀라 해야 한다. 건천에서 흘러온 모량천과, 토함산에서 흘러내려 동남산을 에워싸며 흐르다가 반월성을 끼고 흐르는 남천 혹은 문천이 서천과 합류되는 곳이기 때문이다. 남천은, 지금은 오릉 북편으로 흐르지만, 원래 탑정동 부근에서 서천에 합류했다고 한다(탑정동은 2009년 황남동에 통합되었다). 그 합류 지역을 옛날에는 황천(慌川)이라 부르기도 했다는 말을 들은 적이 있다. 홍수가 지면 이 지역이 엄청난

물로 넘쳐나면서 황폐하게 변했기 때문에 그렇게 불린 것이리라. 황천은 소리나는 대로라면 황천(黃泉)이 되기도 한다. 저승세계란 말이다. 그만큼 황량하고 음산한 지역이었음을 짐작할 수 있다.

반월성을 중심으로 동쪽과 북쪽 들판에 시가지가 형성되어 있었으나, 서편 들판과 서남산 지역은 소나무숲의 세계였다. 지금의 경주시 탑정동과 배동, 율동 등에 걸쳐 솔숲이 펼쳐져 있었다. 고속도로 경주인터체인지에서 빠져나오면 이내 서천다리를 건너는데, 이 일대에서부터 멀리 들을 지나 서남산 남쪽 끝자락에 이르기까지 온통 숲이었다.

다리 건너편에서 오릉 서편 지역은 『삼국유사』에 나오는 '비형 설화'의 현장이다. 비형은, 죽어 귀신이 된 왕(25대 사륜왕)과 아녀자가 사통하여 낳은 반인반귀(半人半鬼)의 희귀한 존재였다. 진평왕 때 집사 벼슬을 했는데, 귀신들을 부릴 수 있는 신기한 힘을 소유하고 있었다. 비형이 밤에 귀신들과 놀았다는 신원사라는 절도 고속도로 진입로 서천다리 부근에 있는 절터로 추정되고 있다. 절의 흔적이 탑동 수원지 안 대나무밭에 조금 남아 있다.

비형 설화에 따르면 이 일대의 숲은 귀신들이 서식하는 공간이었다. 이곳 귀신을 '나무사내[木郞]'라 하고 '두두리(豆豆里)'라 불렀던 모양이다. 나무사내란 귀신의 위패를 말하는 듯 보인다. 『동국여지승람』에는 비형 이후로 두두리 섬기기를 성대히 했다는 기록이 보인다. 비형이 귀신을 잘 통솔하므로 그를 노래한 가사를 문간에 붙이면 귀신의 접근을 막을 수 있다는 풍속이 생겨날 정도였다. 그 귀신을 섬기는 절도 있었다. 선덕여왕과 지귀의 설화로 유명한 영묘사인데, 그 지귀도 두두리였을 것으로 추측하기도 한다. 왕가에서는 두두리를 섬기기 위해 이 일대 숲을 특별히 보호했다. 신라 때부터 유명했던 왕가숲[王家藪]은 그래서 생겨났다.

아무튼 서남산 지역의 소나무숲은 예부터 유명했다. 경주에 가면 꼭 들르는 곳이 있다. 삼릉계곡 입구의 소나무숲이다. 그 숲에 다녀오면 흡사 남산을 모두 둘러본 것처럼 여겨질 만큼 애착이 가는 곳이다. 옛날 무성했던 왕가숲의 잔영인 셈인데, 바람 센 날이면 나무 꼭대기에서 들리는 송뢰(松籟, 소나무숲 사이를 스쳐 부는 바람)가

두두리들의 휘파람처럼 여겨지기도 한다.

남산의 소나무뿐만 아니라, 경주 지역의 소나무들은 곧게 자라지 않는다. 둥치가 계속해서 비틀리면서 자라 오르거나 옆으로 처진다. 척박한 지표 환경 때문이다. 그래서 그런가, 삼릉숲에 서면 빽빽한 소나무 둥치들이 제각기 온몸을 비틀면서 고통스럽게 몸부림치는 모습이 빚어내는 장관을 본다. 소나무 둥치는 거북등처럼 갈라져 있다. 그래서 살갗이 찢어지는 고통 속에서 몸부림치는 군상들을 보는 느낌이다. 안개가 끼거나 새벽 여명 속에 서면 그 뒤틀린 몸뚱이들의 몸부림이 실감 나게 보인다.

코 떼인 돌부처

고위산(고위봉)으로 불쑥 솟았다가 잠시 꺼지는가 싶다가 다시 우뚝하니 정상 봉우리를 이루는 게 금오산(금오봉)이다. 그러곤 능선이 곧장 경주분지로 울멍줄멍하니 치달아 내려온다. 그 북쪽 산자락이 반월성과 닿을

듯이 내려오다가 남천 가에서 문득 머문다. 남에서 북으로 길게 뻗어 내려서 그 등줄기가 동서로 기슭을 이룬다. 동남산은 해 뜨는 쪽이요, 서남산은 해가 지는 쪽이 될 수밖에 없다. 지형적으로 묘하기 짝이 없다. 경주분지에서 보면 남산은 시가지가 있는 밝은 동편 세계와 두두리들이 서식하는 어두운 세계의 중간에 위치한다고 할 수도 있다. 이 묘한 위치 때문에 남산은 경주인들에게 각별하게 여겨졌을까?

"신라는 남산에서 시작해서 남산에서 끝난다"고 흔히 말하는 것도 이유가 있을 것이다. 시조 박혁거세가 탄생한 곳이 남산 끝자락인 나정이었고, 신라 말 경애왕이 후백제의 견훤에게 포박된 곳이 서남산 아래의 포석정 자리였기에 하는 말이다. 그도 그렇지만 남산은 지금도 유적과 불적의 보고로 유명하다(경주 남산 일원, 사적 제311호). 국립경주박물관이 1995년에 펴낸『특별전 경주 남산』에 따르면, 해발 468미터에 불과한 크지 않은 산임에도 불구하고 이 산자락 곳곳에는 건물지 122개소, 불상 57구, 석탑 64기, 석등 19기, 불상대좌 11좌, 귀부 또는 비석 받침 5개, 그 밖에 가마터 등 유적들이 35개소에 이른다. 골골마다, 곧 서남산의 왕정골, 식혜골, 장창골, 윤을골, 포석골, 기암골, 선방골, 삼릉골, 삿갓골, 약수골, 비파골, 잠늠골, 용장골, 은적골, 열반골, 천룡골과 동남산의 절골, 부처골, 탑골, 미륵골, 천암골, 철와골, 국사골, 오산골, 기암골, 승소골, 천동골, 봉화골, 별천령골, 새갓골, 양조암골, 백운골 등마다 마애불이 있고 유적들이 있다. 가히 세계적인 불교 유적지다. 신라인들은 이 산을 불국토로 장엄(莊嚴)하려 한 게 아니었을까 하고 여겨질 정도다.

그러나 남산은 거대한 훼손의 문화공간이다.

삼릉골 솔숲에서 세 왕릉을 지나 오르면 많은 불상들이 바위에 새겨져 있는 깊은 골이 전개된다. 그 초입에 해당하는 계곡 옆에는 큰 불상이 하나 바위에 앉아 있다. 파괴되어 계곡에 버려진 것을 간신히 수습하여 우선 근처의 큰 반석 위에 올려 놓은 것으로 보인다. 그런데 이 불상은 머리가 없다. 목 부분의 삼도(三道, 불상의 목 주위에 표현된 세 개의 주름) 자국이 뚜렷한데 그 위에 있어야 할 얼굴이 사라져버리고 없다.

이 거대한 불상이 어디서 굴러 내려왔을까? 누군가가

남산에서 내려다본 경주 시가지.

이 근처에 있던 불상을 머리만 떼어내고 굴려버린 것일까? 거대하지만 비례가 완벽한 뛰어난 조각 솜씨로 보아 예사 불상은 아닌 만큼, 옛날에는 멋진 절에 모셔져 경배를 받았으리라. 그러나 절은 사라지고 노천에 노출되어 있다가 결국 제자리에 있지 못하고 굴러 내려온 것이다. 그 과정에서 머리는 사라지고, 거대한 몸체만이 옛 찬란한 석불의 흔적을 떠올리고 있다.

남산의 유적과 불상은 모두 이 불상의 처지와 다르지 않다. 깨어져 나가고 부서진 채 내던져져 있는 것들을 그때그때 수습해 놓았다. 돌부처의 코가 온전히 남은 게 별로 없다. 국립경주박물관 정원에 세워진 돌부처들 역시 마찬가지다. 코는 얼굴의 정면에 붙은 돌출 부분이라 손상되기 쉽다. 불상이 넘어지면 가장 먼저 머리가 떨어져 나가거나 코가 깨진다. 사람도 넘어지면 코가 깨지기 쉽듯이. 거기다 석불의 코를 갈아서 먹으면 아들을 낳는다는 미신 때문에 코가 사라진 경우도 꽤 있을 것이다. 천년의 세월은 무자비한 것. 화강암의 아름다운 조각들이 비바람에 닳고, 넘어져 깨어지고, 무지한 미신 속에서 떨어져 나갔다.

돌부처의 코뿐만 아니다. 절은 흔적만 남기고 사라져
버렸으니 안에 있던 조각품들은 생경하게 바깥에 나앉
을 수밖에 없다. 겉을 장식했던 화려한 채색들도 바래버
려서 생돌이 드러난 표면에는 이끼만 끼어 있다. 오늘의
경주 남산의 모습이다. 그 상처들을 어루만지며 없어진
부분을 혹시나 하고 찾아 헤매는 마음은 그래서 애잔하
기 짝이 없다.

금오신화를 낳은
웅숭깊은 골

용 장 골

남산 제일의 탑

1462년이 저물 무렵, 스물여덟 살의 사내가 피곤한 몸을 이끌고 경주 남산 용장골에 들어선다. 전라도에서 지리산을 돌아 경상도 함양을 거쳐 여기까지 오는 길은 멀고 추웠다. 그러나 그는 일찍 길 위에 스스로를 세운 사람. 떠다니는 게 제 일이라 피곤하고 춥다고 해서 오래 길 밖에 제 몸을 부려 놓지 않았다. 그의 이름은 김시습. 용장골은 이 충동적이면서도 매인 데 없이 떠도는 사내를 한동안 감싸 안고 위무하기엔 안성맞춤이었다.

그는 어디로 해서 이 골짜기로 스며들었을까? 경주
시내에서 용장골로 드는 가장 가까운 길은 동남산에서
올라와 이영재(언양재)를 넘는 것이었다. 서남산의 용장
마을에서 내를 따라 오를 수도 있다. 이영재는 고위산과
남산의 중간을 넘는 고개로, 예부터 경주에서 언양 가는
길목으로 긴히 쓰여서, '언양재'라고도 부른다. 이영재
위에 올라서면 정상(금오봉) 쪽으로 거대한 연화좌대 위
에 선 불상을 보았을 테고, 그 아래서 한동안 쉬며 용장
골의 심오한 깊이를 내려다보았으리라. 그 골짜기를 내
려다보는 용장사지 삼층석탑의 단아하면서도 빼어난 기
품을 자랑하는 자태가 건너편 능선 위에 서 있는 아름다
운 광경에 넋을 빼앗겼으리라.

거기서 잠시 걸으면 남산 정상. 정상에서 용장골로 내
려가는 능선으로 몸을 틀면 이내 용장사지 삼층석탑 자
리로 내려선다(경주 남산 용장사곡 삼층석탑, 보물 제186
호). 용장사 권역에 들어선 것이다. 용장사지 삼층석탑
은 자연 상태의 반석을 평평하게 쪼아 고른 다음, 지대
석을 놓고 기단 위에 3층으로 쌓아 올렸다. 탑 위쪽 바위

에 앉아 보면 탑 너머로 용장골과 은적골, 열반골의 깊이가, 그 위로는 고위산의 강건한 봉우리 선이 하늘에 걸려 있는 광경이 감동적으로 펼쳐진다.

반석 위에 세워졌기에 이 탑은 천년을 굳건하게 버텨 왔다. 그렇다고 해서 우여곡절이 없었던 것은 아니다. 일제 강점기 때 누군가가 사리를 훔치기 위해 이 탑을 넘어뜨렸다. 남산 일대 유적 파괴의 전형이라 여겨질 만큼 대사건이었다. 조선총독부는 그 이듬해에 부랴부랴 이 탑을 복원했다. 그렇게 서둘러 복원할 만큼 이 탑은 남산을 상징하는 중요 유물로 여겨져 왔다.

탑은 자연석 위에 세워져 있는 데다 그 지점이 남산의 정상에 가까운 곳이라 남산 전체를 기단으로 삼고 있는 듯한 느낌을 준다. 그래서 높이는 4.5미터 정도에 불과하지만, 남산의 높이를 더해서 4백여 미터의 탑이라는 장엄한 느낌에 휩싸이게 만든다. 그 점은 골짜기에서 올라오며 바라보면 더욱 실감이 난다.

만약 김시습이 서남산 끝자락인 용장마을에서 용장골로 들어섰다면 은적골 들머리를 지나 탑상골 들머리쯤의 개울가에서 쉬다 문득 하늘을 올려다보았을 때 아

남산 전체를 기단으로 삼고 있는 듯한 용장사지 삼층석탑.

득히 높은 벼랑 위에 선 이 탑을 발견하고 가슴이 설레었으리라. 멀리서 보는 탑의 자태는 매혹적이고 유혹적이다. 거기서부터 계곡을 따라 오르면서 수시로 고개를 들면 탑이 눈에 들어온다. 높은 세계의 비밀을 간직한 듯한 자태로 등산객을 부르는 것 같다.

용장사가 남산 꼭대기 부근에 세워졌고 절 위로는 여러 불적을 조성함으로써 이 지역은 숭고미가 압도적으로 드러난다. 폐탑지를 지나 삼륜대좌부처를 만나고 다시 숨가삐 오르다가 드디어 삼층석탑에 이르는 과정은 흡사 수미산을 올라 불국토의 정상에 이르는 듯한 느낌이 든다.

김시습과 차(茶)

김시습은 용장골의 안쪽 은적골에 있었던 은적암에 기거하기도 했지만, 수년 동안을 대부분 용장사에서 경실(經室)을 얻어 은거했고, 나중에는 금오산실(金鰲山室)을 지어서 십여 년 동안을 기거했다. 이곳에서 그는 시를 짓고, 유명한『금오신화(金鰲新話)』를 집필한다.

> 낮은 집 푸른 담요에 온기가 남은 때
> 들창에 매화 그림자 가득하고 달이 밝아라
> 긴긴 밤 등 심지 돋우며 향 피우고 앉아서는
> 세상에 없던 책을 한가하게 저술하노라
> ―「서갑집후(書甲集後)」(심경호,『김시습 평전』, 돌베개, 2003)

그는 이른 봄이면 산 속에 숨어 피는 매화를 찾아 헤
매는 탐매(探梅) 행각을 즐겼다. 나중에는 거처하는 방
앞에 매화를 심어 놓기까지 했다. 저녁에는 시를 짓거
나, "세상에 없던" 신기한 얘기인『금오신화』를 집필했
다. '금오'는 남산의 별칭이다. 경주 남산을 금오산이라
부르게 된 것은 당나라 때의 시인 고운(顧雲)이 신라의
최치원에게 준 시에서 "내가 듣자 하니 동해에 세 마리
금오(金鼇: 金鰲와 같은 뜻. 금자라)가 있어, 금오가 머리
에 산을 높이 이고 있다 하네"라고 쓴 데서 비롯되었다
고 한다(『김시습 평전』참조). 그는 거처 가까이 자그마한
동산을 개간하여 차밭을 경작하기도 했다.

차에 대한 그의 애정은 남다른 데가 있었다.

이 지역은 신라 때부터 차와 관계되는 얘기가 전해 오는 곳이다. 향가 「찬기파랑가」로 유명한 충담 스님이 해마다 음력 3월 3일과 9월 9일에 남산 삼화령의 미륵세존에게 차를 올렸다고 『삼국유사』에서는 밝히고 있다. 그 삼화령터를 학계에서는 남산의 북쪽인 남산성터 북편 산등성이로 잡고 있으나, 남산 정상 남편 능선으로 용장골과 대지계곡을 양옆에 거느린, 현재 거대 연화좌대가 있는 자리라는 설이 더 설득력을 갖는다. 이 설은 『경주 남산』(대원사, 1989)의 저자 윤경렬 선생이 생전에 강력하게 주장했던 것이기도 하다. 연화좌대 서편은 가파른 비탈이며, 비탈 끝 골짜기에 절터가 풀 덤불에 묻혀 있다. 생의사(生義寺)가 있던 자리로 추정되는 터다. 이 자리에서 한껏 고개를 꺾어 올려다보면 연화좌대가 아득히 눈에 들어온다. 충담 스님은 이 절에서 연화좌대 위의 미륵세존에게 차를 올린 것이다.

당시 이곳에서 차를 재배했는지는 알 수 없다. 차 종자를 중국에서 들여와 지리산에 심은 것이 신라 33대 흥덕왕대인 서기 828년이라는 기록이 있다. 충담이 살았던 시기는 35대 경덕왕 시절이니, 그 후가 된다. 이때 이 지역에 차밭이 있었을 거라는 추측은 그래서 설득력을 갖는다. 이 지역이 차나무를 키우기에 적합한 조건을 가졌을지도 모른다는 생각을 하며 돌아보니 연화좌대 부근 여기저기에 누군가가 차나무를 심어 놓았다. 생흙이 드러나 있고, 차나무에 물을 준 흔적이 마르지 않은 걸로 봐서 올해 심은 게 아닌가 여겨진다. 아마도 경주에서 열리는 충담제를 기념해서, 어쩌면 김시습의 차밭까지 생각해서 심어 놓은 것이리라.

국문학사상의 중요성에 비쳐 봐도 그렇지만, 『금오신화』는 김시습이 경주 남산에 은둔하면서 가장 탁월하게 뿜어낸 기운이라 할 만하다. 『금오신화』는 당시 지식인들 사이에 회자됐던 명나라 구우(瞿佑)의 『전등신화(剪燈新話)』를 참고하기는 했으나 우리의 풍토 속에 전해 오는 설화들을 가지고 독창적인 사상을 기술한 것이라는 점에서 돋보인다. 『금오신화』를 통해 그는 현실의 부조리를 드러내면서 현실이 결함투성이지만 이를 극복할 수 있는 것은 끊임없는 자기 탐구와 혁신뿐임을 강조한다. 자신의 처지를 빗대어 말한 셈이다. 『삼국유사』가 설

경주 남산에 은둔하면서『금오신화』를 쓴 김시습.

화의 세계를 담은 책이지만, 남산을 중심으로 한 이 지역이야말로 그 현장의 중심으로 그의 소설의 자양이 된 숱한 일화와 설화들이 잔존하고 있는 곳이다. 그의 소설은 용장계곡의 웅숭깊은 기운이 배태한 것이라 할 수 있겠다.

돌아보는 부처

용장사터에 서면 이곳이 절터일 수밖에 없다는 생각이 절로 들 만큼 넓고 안정돼 있다. 남아 있는 축대들을 참고로 측정해보면, 절 자리는 대략 동서로 70미터, 남북으로 40미터쯤 된다. 산 정상에서 용장골로 뻗어 내리는 산등성이의 서편에 해당돼, 동편은 정상에서 내려오는 등성이의 거대 바위들이 둘러싸고, 서편으로는 낮은 동산 너머 가파른 절벽을 이룬다. 절 앞 조망은 고위산 수리봉의 산세가 위로 펼쳐지고, 아래로는 깊고 웅숭깊은 계곡이 질펀하게 펼쳐져 시원하면서도 장쾌한 맛을 풍긴다.

동편의 정상으로 치달아 오르는 등성이를 따라 오르다 보면 전망이 좋다 싶으면 탑 자리이고, 괜찮다 싶은 바위에는 불상을 새겨 놓았다. 지금도 한 기의 탑과 두 곳의 탑 자리, 그리고 두 불상이 남아 있다. 온전하게 남아 있는 삼층석탑의 아래와 위에 각각 또 다른 탑 자리가 있는데, 아래 자리는 탑재의 일부가 무너진 상태로 남아 있고, 위의 탑 자리 역시 탑재의 남은 부분을 모아 놓았다. 절터 서쪽 나지막한 둔덕에도 종각과 탑이 있었다고 한다. 그 둔덕에 서면 동편에 벽을 이룬 거대 바위 위로 날렵하게 뜬 삼층탑이 서 있는 게 올려다보인다.

절이 온전하던 옛 풍경은 어떠했을까? 금당과 강당 등 단청 아롱진 전각들 위로 바위등성이가 하늘로 뻗어 올라가며, 그 등성이를 따라 탑과 불상이 계속 이어져 있는 자못 환상적인 풍경을 이루고 있었으리라. 어디 그뿐인가. 전망도 신비로웠을 것이다. 고위산 정상이 마치 아미타불처럼 드높이 앉아 있는 가운데(고위산은 금오산보다 약간 더 높다) 주위의 봉우리들이 바위군을 이루고 있어서 저마다 탑이 되고 불상이 되어 앉거나 서 있는 듯한 느낌을 자아낸다. 그러니까 금오산의 정상부에 속하는 이곳이야말로 불국토의 꼭대기, 곧 수미산 정상이 아니고 무엇이겠는가, 하는 생각이 절로 든다. 삼층석탑이 있는 저 위의 하늘은 극락이며 도솔천이리라. 그런 상상력으로 이곳이 설계되고 그것을 현실 속에 실현하려는 희망으로 절 자리와 탑과 불상들이 조성되었으리라.

아래 탑 자리와 삼층석탑의 중간, 유난히 전망이 좋은 곳에 삼륜대좌불과 마애여래좌상이 있다. 세 개의 원반석을 쌓은 다음 그 위에 부처를 앉힌 삼륜대좌불(경주 남산 용장사곡 석조여래좌상, 보물 제187호)은 우리나라에서는 유일한 독특한 형식을 보이고 있다.

넓은 바위 위에 큰 원반석 세 개를 작은 원반석들 사이사이에 넣어 쌓아 올린 다음 그 위에 여래상을 올려놓았다. 제일 위층의 큰 원반석 아래쪽에는 복엽연화문이 둘러 새겨져 있다. 여래의 양어깨를 덮고 있는 가사가 아래까지 드리워지는데, 그 주름이 절묘하고, 특히 가사 끈의 묘사가 사실적이다. 이 가사끈 때문에 불상이 아니라 승상이라는 주장도 나왔지만, 연화좌대 위에 앉은 승상은 없다는 점에서 재고의 여지가 없다.

아래로 드리운 겹겹의 옷 주름 묘사의 섬세함에 비해 불상 조각을 받치는 기단석과 둥근 대석의 조각은 간명하고 소박해서 대비를 이룬 점도 눈여겨볼 점이다. 수미산 사상의 구현으로도 보이는데, 아래의 사왕천에서 도리천, 야마천으로 또는 다른 극락의 세계로 이어지는 상승감이 그런 표현을 통해 고조되고 있다.

부처는 항마촉지인을 한 채 서편을 향해 앉아 있다. 1923년 도굴범들이 이 불상마저 무너뜨린 걸 나중에 복원해 놓았다. 머리 부분은 그때 떨어져 나갔을까? 머리 부분만 떼어내 가져가버리지 않았다면 저 아래 골짜기 어딘가에는 여기서 굴러 내렸을 두상이 묻혀 있으리라. 그동안 경주박물관에 있는 수많은 부처의 머리들을 이 불상의 목에 얹어보며 맞추어보려 했을 터이지만, 맞추지 못해 안타까워했을지도 모른다는 생각이 든다. 머리가 없는 부처라는 점에서 이 불상은 더욱 신비하게 여겨지고 안타까움을 자아낸다. 앞으로 경주 지역에서 출토되는 모든 부처의 부서진 머리는 일단 이 불상 위에 얹어져서 맞춰보는 일이 계속될 것이다.

실제로 경주에서는 부서진 불상의 머리를 이리저리 맞춰보는 일이 계속되어 왔다. 용장계곡의 초입인 용장 머리에서 계곡을 따라 오르다 보면 절터가 있는데, 거기에 있던 약사여래좌상도 머리가 떨어져 나가고 없었다. 광배의 무늬가 화려한 이 불상은 국립경주박물관 뜰에 세워져 있는데, 1975년 박물관을 인왕동으로 옮기기 직전 정원의 불상을 점검하던 정양모 당시 박물관장이 주위의 불상 머리를 이 불상에 맞추어보니 희한하게 맞아떨어졌다(남산용장계 석조약사여래좌상). 참으로 감격적인 순간이었다. 오죽했으면 박물관이 이 일을 기념하여 축하를 겸한 불사를 벌였겠는가.

『삼국유사』에는 용장사에 있었던 대현 스님의 이야기가 실려 있다. 그는 8세기 때 사람으로 유가종의 개조이며, 당나라에까지 이름이 알려질 정도로 뛰어난 학식을 겸비했었다. 용장사에 살며 늘 미륵불의 석조 장륙상(丈六像, 높이가 1장 6척이 되는 불상)을 돌며 참배했는데, 그가 불상을 돌면 불상도 그를 따라 얼굴을 돌렸다고 한다. 그 불상이 바로 이 불상이었으리라 여겨지지만, 옷차림이 미륵불 차림이 아니라는 점에서 다른 부처일 수도 있겠다.

대현의 이야기는 불상이 감응할 정도로 그의 신앙이 지극함을 강조하는 것이겠지만, 부처가 머리를 돌렸다는 것은 불상의 모양이 원반 위에 얹혀 있어서 회전의 이미지를 주는 것과 무관하지 않은 얘기일 듯싶다. 큰 화강암의 둔중함과 완강함을 원반형의 이미지와 결합하여 가볍고 동적인 느낌으로 변화시킨 이 불상은 돌을 신기에 가까울 정도로 다루었던 신라 석공의 절묘한 기예의 산물이기도 하다.

어쩌면 이 불상은 몸은 서향을 하고 있으나 얼굴은 남쪽의 고위산을 바라보게 조각되지나 않았을까 하는 엉뚱한 상상도 해보게 된다. 기이한 일들이 많은 남산인만큼 고불(顧佛)도 왜 없었겠는가 하고 고집도 부려보고 싶다. 물론 턱없는 상상이다. 불상의 목 부분의 삼도 주름을 봐도 원래 정면을 향한 얼굴이었음을 쉬 추정할 수 있어서 그럴 리가 없지만, 머리가 없어서 이런 엉뚱한 상상도 해보게 된다.

아름다운 마애불의 미소

삼륜대불은 거대 바위군 앞에 서 있는데, 그 동북쪽의
바위에는 마애여래좌상(경주 남산 용장사지 마애여래좌
상, 보물 제913호)이 돋을새김으로 새겨져 있다. 높이가
1.6미터 정도이고, 조성 연대는 8세기 후반으로 추정된
다. 잘생긴, 준수한 용모가 남산에서는 제일이다. '미스
터 남산'으로 꼽아도 될 것이란 생각을 해본다. 불상의
상태도 훼손된 곳이 거의 없이 양호하다.

나발(螺髮, 부처의 머리털) 속에 육계(肉髻, 부처의 정수
리에 있는 뼈가 솟아 저절로 상투 모양이 된 것)가 조금 솟
았는데, 목에는 삼도가 뚜렷하다. 통견으로 옷을 입었는
데, 어깨로 내려오는 옷 주름이 촘촘하다. 다리에도 세
로로 옷 주름이 새겨졌다. 한 겹으로 된 연꽃 위에 결가
부좌(結跏趺坐)로 앉아서 단정한 표정을 지어 보이고 있
다. 연꽃은 퍽 사실적으로 표현됐다. 정면의 꽃잎은 크
고 양 옆으로 갈수록 작아져서 끝에서는 아주 가늘게,
흡사 구름처럼 처리되어 가벼운 느낌을 준다. 그래서 전
체적으로는 떠 있는 듯한 분위기를 풍긴다.

불상은 윗눈시울이 가늘게 표현되어 미소가 잔잔한 파문이 일 듯 눈가에 머금어져 있는 느낌을 준다. 통통한 두 뺨과 둥근 턱의 부드러운 곡선이 그 미소를 더욱 부드럽게 느끼도록 만든다. 단아함이 주는 엄격함을 미소로 부드럽게 풀어내는 조각 솜씨가 범상치 않다.

무늬가 없이 두 겹으로 처리한 두광과 신광이 소박하지만, 그것이 오히려 불상을 더 도드라지게 강조하고 있다. 특히 자세한 옷 주름 처리로 인해 얇은 옷을 입은 느낌이 강조되어 부처의 몸이 감각적으로 드러나는 점이 인상적이다.

바위에 새긴
화엄세계

밝은 숲길

소나무 아래로 난 오솔길이 환하다.

칠불암 불상은 아침 일찍 올라 오전 9시에서 10시 사이의 약간 비껴 비추는 햇빛에 맞추어 찍어야 사진이 잘 나온다고 했다. 그렇지만 질질 오래 끌어온 장마로 날씨가 오락가락하여 일요일의 맑은 때를 맞출 수 없어 전전긍긍할 뿐이었다. 그런데 오늘 오전 직장에서 근무하다 문득 창밖을 보니 참으로 오랜만에 하늘이 파란 게 아닌

가. 너무 반가워서 부랴부랴 오후 근무를 접고 경주행을 감행, 서둘러 남산을 오른다. 불상 찍기에 딱 맞는 시간은 아니지만, 이만 한 날씨나마 언제 다시 기약할 수 있을까 싶었던 게다. 하긴 이런 내 모습이 여간 우스운 게 아니다. 전문 사진꾼도 아닌 주제에 날씨 탓을 하고 있으니 말이다. 이래 찍으나 저래 찍으나 나오는 건 늘 별 볼 일 없는 것이면서도 말이다. 그래도 그렇지……

동남산의 가장 남쪽 지역에 속하는 홈태골 입구에서 등산을 시작하여 한 시간쯤 골짜기를 올라야 한다. 산 아래부터 소나무들이 빽빽하다. 산 아래에서 올려다보는, 소나무숲과 중첩한 큰 바위들이 떠받들어 올리는 하늘이 사뭇 높아 보인다. 일곱 불상이 있는 곳은 저 산정의 바위들이 떠받치고 있는 하늘 어디쯤이다. 칠불암과 용장사는 남산의 능선—고위산과 남산자락이 만나는 능선— 을 사이에 두고 거의 반대편에 위치한다. 두 절터가 모두 산 정상 부근에 위치해 그곳을 찾아가는 게 꼭 하늘을 오르는 느낌을 자아낸다. 그 느낌의 절정에 이르는, 사방이 확 트이는 곳이 절터다. 용장사터가 있는 남산의 하늘이 극락 같다면, 칠불암이 있는 하늘은 화엄세계의 장엄함을 보여준다고도 할 수 있겠다. 화엄세계를 축소해 놓은 사방불이 있는 곳이며, 하늘에서 부처가 하강하는 자리이기 때문이다. 무엇보다 칠불암 불상은 남산의 불상 가운데 가장 크고 보존 상태도 좋다.

햇빛이 숲 사이로 그물처럼 쏟아져 내려 길을 비춘다. 빛과 그늘로 촘촘히 얽어짠 그 그물이 바람에 흔들려 얼룩덜룩하다. 숲 안이 화려한 기분을 자아낸다. 산길은 완만하지만, 몇 개의 개울을 건너 산 중턱을 오르면 가팔라진다. 환한 햇빛으로 인해 이 산길의 끝에 이르면 문득 새로운 세계가 나를 기다릴 것이란 기대가 행복감처럼 몸 안에 따뜻하게 지펴진다.

화엄세계 싸안은 항마촉지의 의지

거대한 바위들이 중첩된 곳에 칠불암이 있다. 산정 가까운 곳인 데다 바위들이 많아 조망이 좋다. 불상 옆에 있는 작은 암자에서 물부터 한 잔 마시고 산 아래 펼쳐진 들과 멀리 토함산을 바라보며 숨을 돌린다. 가파른 이곳에 어떻게 불상을 조성하고 기도하는 도량을 만들 생각을 했을까. 칠불암이란 명칭은 이곳에 있는 불상이 일곱 구라서 붙인 이름이다. 불상 조각이 있는 곳에서 대숲을 지나 얼마 떨어져 있지 않은 계곡 어귀에는 꽤 넓은 절터가 있다. 이 일대에 큰 절이 있었다는 증거다. 그러나 그 절의 이름을 알 수 없어 그냥 칠불암이라 부르게 된 것이다.

네모난 바위의 동서남북 방향에 각각 불상이 새겨져 있고, 그 사방불이 새겨진 바위를 싸안을 듯이 서편에 거대한 바위가 있는데, 거기 삼존불이 새겨져 있어서 모두 일곱 불상이 된다(경주 남산 칠불암 마애불상군, 국보 제312호). 삼존불이 새겨진 바위는 자연 그대로인 절벽의 바위 면을 깎았으나, 사방불 바위는 돌축대를 쌓은 위에 다시 돌로 불단을 만든 위에 앉혔다. 불단의 돌축대는 연마하지 않은 자연석을 이용해 쌓아서 주위는 물론 불상과도 잘 어울린다. 사방불이 새겨진 바위 위에는 기둥을 세웠던 흔적이 두 곳 있다. 불단 아래 남쪽으로 3미터 거리에도 기둥을 세웠던 흔적이 두 곳 있다. 원래는 삼존불의 불상은 물론 사방불도 법당 건물 안에 안치뒀던 것이다. 그때는 이들 불상은 물론 바위의 전면이 채색되어 있었을 거란 추측도 가능해진다. 그렇다면 불단과 아래의 지면에도 흙이나 판자를 덮어 예불을 할 수 있게 정제되어 있었을 것이다. 천년의 세월은 그런 흔적들을 깡그리 없애버리고 오직 돌만을 드러내 보이고 있는 것이다. 그런 상태에서 돌축대도, 불단의 축대도 자연스럽게 보이는 것이라 할 수 있다. 특히 사방불에서 2미터도 안 되게 선 절벽 바위에 거의 입체불로 돋을새김 한 삼존불은 그 규모는 물론 조각 솜씨가 남산에서는 제일이다. 코가 깨어져 나간 것을 시멘트로 메워 붙였을 뿐 보존 상태도 양호하다. 본존여래불은 석가모니불로 보인다. 왼손 바닥을 위로 하여 배꼽 밑에 놓고 오른손 바닥은 밑으로 향하게 하여 오른 무릎 위에 얹은 채 손끝으로 땅을 건드리는 항마촉지인을 한 본존불은 사뭇 위엄이 넘치는 얼굴이다. 양옆에 협시(脇侍, 부처를 좌우에서 모시는 보살)불을 거느리고 당당하게 앉아 바로 앞의 사방불을 감싸 안은 듯한 자세를 보인다.

사방불은 화엄세계를 축소한 것이라 할 수 있다. 사방에 부처를 모시는 불국토 신앙의 발현이다. 사방불에 새

경주 남산 칠불암의 사방불과 삼존불.

겨진 불상은 여러 유형이 있으나 우리 경우 대개 동방에 약사여래, 남방에 미륵불, 서방에 아미타불, 북방에 석가모니불로 되어 있다. 새겨 놓지 않아 보이지는 않으나 그 돌의 중심에는 비로자나불이 계신다고 믿어 불국토의 의미를 완성한다.

그런 만큼 이 사방불의 서편 절벽에 새겨진 삼존불 가운데 본존불은 이 사방불의 중심을 이루어 오방(五方)의 의미를 완성시키는 존재이면서, 한편으로는 사방불로 상징되는 불국토 세계를 감싸안고 당당히 마귀를 물리치는 모습을 보이고 있는 것이다. 혹자는 삼존불과 사방불의 간격이 너무 좁아 부자연스럽다고 하고, 이렇게 좁은 데서 어떻게 예불을 했겠느냐는 의문을 제기하며 일제 강점기 때 일본인들이 임시로 사방불을 이런 부조화스러운 모습으로 복원해 놓았다고도 한다. 그러나 나는 그렇게 보지 않는다. 가파른 비탈을 나름대로 운용하여 조성하였기 때문에 어쩔 수 없이 협소한 상태이기도 하지만, 그런 가운데서나마 깊은 사상을 짜임새 있는 구조로 보여주고 있는 것이다.

이 불상들 앞에서 본존불의 시선을 따라 자꾸만 토함

산을 조망하게 되는 걸 어찌지 못한다. 이들 불상이 조성된 것은 신라 통일 직후로 추정된다. 통일과 화합의 세계를 사방불로 표현하고 이를 온전히 지키려는 의지를 위엄이 서린 삼존불로 나타냈다는 추측은 그래서 나온다. 본존불이 바라보는 곳도 동편인 토함산 쪽이며, 공교롭게도 외적이 침입하기 쉬운 동해구, 곧 대왕암이 있는 동해 쪽인 것도 우연이라 여겨지지 않는다.

사방불은 신라 불교의 한 특징을 이룬다고 할 만큼 독특한 양태다. 또한 우리나라 불상은 일본에서는 거의 보이지 않고 중국에서도 귀한 형태인 항마촉지인을 많이 하고 있는데, 이는 호국불교를 표방하려 했던 의식의 표현으로도 보인다. 이 불상의 시선이 머무는 듯한 토함산 석굴암의 불상 역시 항마촉지인을 하고 있다.

사방불의 불상들

남산의 불적들 가운데 사방불은 이곳과 함께 '부처바위'라 불리는 탑골의 마애불상군이 있다. 그러나 엄밀한 의미에서 사방불의 전형을 보이는 것은 역시 칠불암이라 할 수 있다. 이 사방불의 동면 여래상은 손에 약그릇을 들었고 동향하여 약사여래임이 분명하며, 서면 여래상은 서방정토의 교주인 아미타여래로 보이나, 남면과 북면의 여래는 누구인지 구분이 안 된다.

네 불상은 모두 복련(覆蓮, 꽃부리가 아래로 향하게 그린 연꽃 모양)에 포개 놓은 앙련(仰蓮, 연꽃이 위로 향하게 그린 모양) 위에 결가부좌로 앉아 있다. 활짝 핀 연꽃 위에는 옷자락이 물결치듯 드리워져 있으며, 각각의 불상들은 저마다 독특한 손 모양과 옷 모양을 하고 앉아 있다.

동면의 약사여래상은 얼굴이 풍만하고 육계가 덩실하여 풍채가 좋다. 서면의 아미타여래는 입이 작은데 살포시 다물어 육감적이다. 눈은 아래로 향한 채 뜨고 있어서 고요한 느낌을 자아낸다. 남면 여래상 역시 얼굴이 풍만하다. 눈 끝이 치켜 올라간 게 인상적이다. 북면 여래상은 돌의 상태가 좁고 서쪽 모퉁이 일부가 떨어져 나간 까닭에 윗부분에 조그마하게 새겼다. 키가 작고 얼굴이 큰 편인데, 전반적으로 여위어 보인다.

이들 불상은 탑골의 바위처럼 다양한 모습으로 여러 부처들이 나타나지 않고 각 방위의 정토를 대표하는 부처들로 단순화시킨 것이 특징이다. 때로는 각 방위에 따라 다른 부처들로 표현되기도 하지만, 그것은 그때그때 신앙의 정도에 따른 것일 뿐, 이를 통해 세계를 연꽃 위에 활짝 피어난 불국토로 바꾸려는 염원은 같다고 할 수 있다.

마애삼존불의 큰 손

사방불을 싸안을 듯 펼쳐진 절벽에 새겨진 삼존불은 남산 불상 가운데 으뜸으로 떠받들어지는 부처다. 크기와 조각 솜씨가 뛰어나서이기도 하지만, 이 불상이 서라벌을 수호하리라는 기원과 맞아떨어져 특별히 사랑을 받은 때문이기도 할 것이다.

가운데 두 겹의 연꽃 위에 앉은 본존불은 석가여래인데, 그 당당함이 주위를 압도한다. 삿된 기운을 물리치는 엄정한 기상이 넘친다. 굳게 다문 입술의 양 끝은 힘이 들어가 엄격한 표정이 더욱 강조되고 있다. 가슴은 평평한데, 몸 전체가 직사각형으로 솟아 있어서 위엄이 넘친다. 이 불상이 깔고 앉은 연꽃의 묘사도 생동감이 있다. 아래로 처진 꽃잎(복련)은 끝이 뾰족하나, 위로 핀 꽃잎(앙련)은 넓적한 데다 끝이 하트형의 곡선을 이루어 묘한 생기가 느껴진다. 이런 생기가 불상의 힘과 합쳐져서 장쾌한 기분을 자아내는 것이다.

협시보살은 이런 엄숙한 본존불의 모습을 부드럽고도 유연하게 완화하려는 듯한 자태를 보이고 있어서 대조를 이룬다. 오른쪽(본존불 입장에서)의 보살은 오른손을 아래로 내려 정병(淨甁)을 들었고 왼손은 중지를 접어 가슴 위로 들고 있다. 중생의 마른 목을 축여주겠다는 구제의 마음과 부처의 뜻을 중생에게 가르치려는 마음의 표현이 아닐 수 없다. 살이 찐 얼굴은 부처 쪽을 향하고 있는데, 조그마한 입술을 표현한 것이 귀엽게 보인다. 왼쪽 보살은 오른손으로 보상연화(寶相蓮花)를 들고 왼손은 아래로 내려 천의(天衣) 자락을 살며시 들고 있다. 역시 본존불을 향해 있는데 얼굴에는 어린이 같은 천진함이 넘친다. 본존불의 딱딱함에 비해 양 협시보살의 모습은 부드럽다. 이런 대조를 통해 전체적으로는 묘한 조화를 느끼게 하는 장인의 솜씨가 놀랍다. 더욱이 본존불의 항마촉지인 자세를 강조하는 손의 표현은 대범하면서도 크게 드러난다. 이는 이 불상이 넓은 가슴으로 앞의 사방불이라는 부처의 세계를 감싸 안으면서 동시에 삿된 기운을 막아내려는 의도를 손을 통해 드러낸 것이라 할 수 있다. 그런 면에서 본존불의 손 묘사는 어느 불상보다 주제의식을 선명하게 드러내 보이고 있다.

구름 타고 내려오는 부처

칠불암 경내 여기저기 널려 있는 석탑 조각을 돌아보고 불상의 북쪽으로 난 오솔길을 따라 가파른 바위 사이를 오른다. 칠불암의 배경을 이룬 바위들은 크고 높다. 그 위를 기듯이 올라간다. 소나무들의 크기가 갑자기 작아지고 기이하게 비틀어진 모습을 드러낸다. 척박한 바위 사이에 뿌리를 내린 채 살아가기 때문에 그런 환경에 맞는 형태가 된 것이다. 철쭉은 바위에 붙다시피 매달려

칠불암 위쪽 절벽에 새겨진 신선암 마애보살반가상.

있다. 그런 가운데서도 바위에 붙은 이끼들에 뿌리내린 병아리난이 자그마하게 보랏빛 꽃을 피워 놓고 있는 게 여간 앙증스럽지 않다.

칠불암에서 40미터 정도 바위를 타고 오르면 바위에 한 뼘 반 정도의 구멍이 난 게 보인다. 부처가 있음을 표시하던 석등 자리다. 그 부근, 칠불암에서 뻗친 거대한 바위 머리에 또 바위가 얹혀 절벽을 이룬 곳에 보살상이 조각돼 있다. '신선암 보살상'이라 불리는 불상이다(경주 남산 신선암 마애보살반가상, 보물 제199호). 보살상의 앞은 아찔한 절벽이다. 그러니까 칠불암에서 보면 거의 허공 위의 세계라 할 만하다. 어째서 이런 위험천만한 곳에다 불상을 새길 엄두를 냈을까. 아마도 산정 가까운 곳에 칠불암의 화엄세계를 조성하고 그 위에다 구름을 타고 내리는 이 불상을 배치하여 지상과 하늘을 연결하는 꿈을 현실화하려는 구도로 새겨 놓은 것이 아닐까 싶다.

절벽 암면을 비스듬히 깎아내어 비가 와도 불상이 젖지 않게 배려했다. 불상의 높이는 1.5미터 정도로 배광(背光)은 감실 모양으로 팠다. 불상은 구름 위에 의자를 놓고 편안하게 앉아 있는데, 옷자락이 풍성하니 의자를 덮어서 전체적으로 가벼운 느낌을 자아낸다. 한 손에는 꽃을 들고 한 손은 설법인(說法印)을 하고 있다. 얼굴은 풍만하면서 둥글다. 곡선을 이룬 가는 눈썹과 가는 눈이 미소를 머금어 자비로움이 두드러진다. 특히 입술 모양은 아랫입술을 강조한 게 특징인데, 이 때문에 표정이 한결 푸근해지는 느낌을 준다. 손 모양은 얼굴의 표정을 더욱 부드럽게 살리고 있다. 보상화를 오른손에 들고 왼손은 설법인을 하고 있는데, 펴고 접은 손가락의 묘사가 절묘하다. 이런 표현들로 인해 돌에 새겨진 불상에서 피가 도는 듯한 생동감을 느끼게 되는 것일까. 그뿐인가. 천의의 묘사는 바람에 펄럭이면서 허공에 너풀대는 모습을 생생하게 보여주며, 구름의 묘사도 가벼움을 느끼게 하는 묘사의 한 극치를 보여주는 듯하다.

봉덕사 신종이 조성되던 시기인 8세기 후반에 새겨진 것으로 추정되는 이 불상은 이곳에 있던 암자의 이름을 따서 '신선암 마애불'이라 불리지만, 원래는 칠불암 불적과 같은 연결 구도에서 조성된 것으로 짐작된다.

이 불상 앞 좁은 단애 위의 평평한 곳에 서면 확 트인 조망이 남산에서는 제일이다. 불상의 동쪽으로 돌면 거대한 바위의 단애 위로 난 좁은 틈밖에 없어 아슬아슬하기 짝이 없다. 동남산의 모든 골짜기가 눈 아래 펼쳐지며, 그 너머 북쪽에 경주 시가지가 보이고 앞으로는 너른 들이 펼쳐지며 들 너머로는 토함산의 불국사가 있는 북편 골짜기들이 눈에 들어온다.

불상들로 채운
푸른 골짜기

남산 탐방의 초입, 삼릉솔숲

남산 등산객들이 가장 많이 모이는 곳이 삼릉계곡이다. 경주인들도 이 등산길을 가장 선호하고 외지인들도 주로 이곳에 모인다. 그러니 남산의 관문이란 말도 나온다. 삼릉솔숲에서 오르는 삼릉계곡은 불상과 절 자리가 많고, 계곡 물도 제법 흐른다. 계곡이 깊고 서늘한 데다 남산 특유의 암벽이 중첩돼 있다. 볼거리도 많고(아홉 곳의 절터, 열 구의 불상 등) 쉴 곳도 제법 있는 데다, 골짜기로 해서 남산 정상을 오르는 등산의 재미도 있다. 번잡한 것을 싫어하는 이들은 휴일이 아닌 평일을 잡기도 하고, 사람들이 다 가고 없는 저녁이나 이른 아침에 이 숲으로 들른다. 삼릉솔숲의 묘미가 새벽녘에 있음을 아는 이들은 안개가 끼는 미명의 숲길을 걷기 위해 일부러 때를 잡아 오기도 한다.

경주의 소나무숲은 독특한 정취가 있음을 앞에서도 밝힌 바 있다. 이곳의 소나무는 경주 소나무의 특징을 잘 보여주면서도 산 아래쪽으로 내려오면 쭉쭉 곧게 뻗은 붉은 등치의 빛깔을 자랑하는 멋진 자태를 보여주기도 한다. 이 골은 옛적에는 잣밭골로 불렸다. 잣나무가 많았던 모양이다. 그래서 경주시는 이곳을 정비하면서 숲의 듬성듬성 빠진 곳마다 소나무를 심으면서 잣나무도 꽤 심어 놓았다. 덕분에 이 숲은 예나 지금이나 제법 멋진 정취를 간직하고 있는, 경주에서도 몇 안 되는 괜찮은 숲 지역으로 유명하다.

삼릉계곡은 금오산 꼭대기에서 내려온 계곡이다. 골짜기 초입에 세 개의 왕릉(경주 배동 삼릉, 사적 제219호)이 있다 하여 삼릉골로 불리는데, 여름에도 서늘하여 예

삼릉계곡 입구에 있는 삼릉솔숲과 삼릉.

전에는 냉골로도 불리었다. 냉골의 북쪽 최상류에는 두 개의 바위 산봉우리가 솟아 있다. 남쪽 바위가 상사암이고, 북쪽 바위는 냉골 암봉이라 불린다. 『동경잡기』에는 "상사바위는 금오산에 있다. 그 크기가 백여 발이나 되는데, 그 생김새가 가파르게 솟아 있어 오르기가 어렵다. 상사병에 걸린 사람들은 이 바위에 빌면 병이 낫는다"고 소개했다. 냉골 암봉은 서남산 북면, 그러니까 금오산 봉우리의 북편에 해당하는 험준한 돌산으로 아찔한 절벽을 이룬다. 절벽 아래에는 자그만 암자가 있어서 산을 오르는 사람들이 이곳에서 한숨을 돌린다.

목 없는 여래와 황혼빛을 다투는 관음보살

도랑을 따라 계곡을 거슬러 오른다. 워낙 많은 이들이 오르내리는 곳이라 길이 잘 닦여 있다. 붉은 황톳길이 잘 다져진 채 반들반들 윤이 날 정도다. 비틀린 소나무 숲 사이로 3백 미터쯤 오르면 계곡 옆으로 난 길가 큰 바위 위에 앉은, 머리가 없어 기이하게 느껴지는 거대 불상을 만난다.

　여래좌상으로 목이 없는 상태로도 높이가 1.6미터나 되는 큰 불상(삼릉곡 제2사지 석조여래좌상)이다. 두 무릎이 망가져서 손 모양도 볼 수 없다. 당당한 몸체만으로 앉아 있다. 그럼에도 자세는 편안하고, 한 치도 꿀림이 없는 모습이다. 오랜 시간을 지나온 흔적을 보여주면서 그 시간이 엄청난 훼손 상태까지도 위무하여, 목이 떨어져 나갔는데도 결코 볼썽사나운 자태가 아닌 푸근함을 드러낸다. 조각 솜씨가 일품이다. 특히 왼쪽 어깨에서 가사 자락을 매듭지어 아래로 드리운 두 줄의 가사끈이 사실적으로 느껴질 만큼 절묘하게 조각되어 있다. 옷의 주름도 단아하면서도 절도를 잃지 않는 가지런함을 보여준다. 이 불상은 골짜기에 굴러 내리면서 반쯤 묻혀 있던 것을 파낸 것이다. 20여 년 전의 일인데, 당시 이 불상은 등을 보인 채 엎어져 있었다고 한다. 그 때문에 앞쪽의 조각이 물과 바람에 손상을 덜 받아 옷 주름과 수실의 조각이 선명하다.

　무엇보다 양감이 보는 이를 압도한다. 삼릉골의 입구에 떡 버티고 앉은 모습이 여간 당차 보이지 않는다. 불상을 옆에서 조망하면 그 양감의 엄청남이 실감 난다. 비록 머리도 없고 손도 없어졌지만, 그렇기 때문에 상상력을 더욱 일깨우는지도 모른다. 추상적인 면모마저 느껴질 정도다.

이 불상을 지나면 바야흐로 불국토의 진경이라 느껴질 만큼 많은 불상들이 제각기 모습을 뽐내며 잇달아 서 있거나 앉아 있다. 목 없는 불상 바로 북쪽 비탈에는 관음보살이 바위에 새겨져 있다(삼릉계곡 마애관음보살상, 경상북도 유형문화재 제19호). 높고 낮은 뾰족 바위들이 중첩해 있는 가운데 불상이 새겨져 하늘로 오르는 계단 위에 서 있는 느낌을 준다. 하늘과 땅을 잇는 계단 위에 서서 이 땅의 중생들을 인도하고 있는 모습을 보여주는 구도 같아서 친근감이 더한다.

화불이 있는 보관을 쓰고, 오른손은 설법하는 모습으로 가슴에 살포시 얹고 밑으로 드리운 왼손은 정병을 들고 있다. 배에서 아래로 늘어뜨린 군의(裙衣)를 동여맨 끈은 나비의 날개처럼 매듭지어져 있다. 화사한 아름다움이 아니라 소박미가 물씬 풍기는 아름다움이다. 몸을 장식한 영락(瓔珞)과 옷의 주름이 단조롭지만, 지극한 종교적 절제력이 깃들어 있다. 몸은 화사한 복련 조각 위에 서 있는데, 전체적으로 균형이 잘 잡힌 데다 자태가 곱다. 그래서 남산의 불상들 가운데서 가장 미감이 뛰어난 불상으로 꼽힌다.

머리에서부터 발끝까지 피가 도는 듯한 느낌! 특히 이 불상은 서남산 지역에 있는 데다 남서쪽을 바라보고 있어서 저녁 햇살에 그 자태가 잘 드러난다. 서천의 상류인 기린내(기린천, 麒麟川)가 노을을 받아 붉고, 그 붉은 빛이 불상의 뺨을 물들여 얼굴이 상기해 있는 듯한 느낌을 자아낸다. 입술은 붉은 기가 도는데, 옛날에 채색을 한 흔적이라 한다. 그래서 그런지 뺨과 입술이 더 육감적이다. 늦은 가을 저녁 무렵 강물빛이 반사되어 빨간 색깔이 불상의 얼굴에 이글대는 것을 보면 형용할 수 없는 감동을 느낀다. 화강암의 돌이 금빛의 장엄으로 화려해진다. 살아 있는 듯 금방이라도 무슨 말을 할 듯한 생동감이 느껴진다. 그래서 그런가, 이 불상을 찾는 이가 유독 많은데, 특히 할머니와 아주머니들의 참배가 지금도 끊이지 않는다. 그들은 미감으로 이 불상을 대하는 것이 아니다. 금방이라도 뭐라고 말을 할 듯한 관세음보

삼릉계곡의 마애관음보살상.

살의 모습 앞에서 지극하게 비는 신앙의 마음으로 찾아 드는 것이다. 신라인의 신앙 자세와 다르지 않을 것이다. 신라에서는 일찍부터 관음 신앙이 성행했다. 이 불상이 소박하면서도 정감이 가고, 누구에게나 친근하게 느껴지도록 표현된 것도 관음 신앙을 생활화한 마음과 닿아 있었기에 가능했을 것이다. 그 친근함에 지금 사람들의 마음도 쉬 끌리는 걸까? 이 불상을 찾아 기도하는 이들이 끊이지 않는다는 점에서 남산의 불상은 지금도 여전히 살아 있음을 실감한다.

돌에 새긴 불화

마애관음보살상에서 다시 계류를 거슬러 오르면 문득 개울이 갈라지는 곳이 나온다. 합수머리 안쪽에 거대한 바위가 펼쳐지는데, 그 바위에 불상들이 선각으로 새겨져 있다(삼릉계곡 선각육존불, 경상북도 유형문화재 제21호). 바위는 두 부분으로 나뉘어 있다. 바위 왼쪽 면이 오른쪽 면보다 앞쪽으로 튀어나온 상태로 어긋나 있는

데, 여기에 두 주제의 삼존불을 새겨 놓았다. 왼쪽은 선각여래입상삼존불, 오른쪽은 선각여래좌상삼존불로 부른다.

1980년대 초만 해도 이들 그림은 비교적 선명하게 드러났는데, 지금은 바위가 많이 손상되고 검은 이끼가 덮여 그림이 얼른 드러나지 않는다. 특히 좌상삼존불의 상태가 훼손이 심해 좌 협시보살은 잘 보이지도 않는다. 경주 지역에 있는 노천 석불의 경우 최근 들어 훼손 상태가 심해지고 있는데, 공기 오염과 산성비 탓으로 보기도 한다. 경주 지역은 동해구와 토함산 하나를 사이에 둔 터라 바다와 가깝고, 그 위로는 포항제철이 가깝게 있어서 소금기와 오염된 공기의 유입이 우려되는 지역이다. 거기다 최근 심해진 산성비가 결정적으로 석조 유물들을 부식시키고 있다.

이 마애불상은 지붕을 덮어 보호했던 흔적이 뚜렷하다. 불상이 조각된 거대 바위 위에는 기둥을 세웠던 흔적이 남아 있고, 바위를 타고 흘러내리는 빗물을 옆으로 돌리기 위한 배수구가 뚜렷하게 파여 있다. 목조건물을 세워 석굴암처럼 석굴사원으로 조성됐음을 짐작할 수 있겠다. 불상들은 채색까지 되어 있었을 것이다. 남산에 있는 대부분의 불상도 이처럼 애초에는 햇빛에 노출되지 않고 건물 안에 안치되어 있었음을 이를 통해서도 알 수 있다. 짐작이지만, 경주 남산이 거대한 석굴사원으로 꽉차 있었다는 얘기다. 혹자는 이를 두고 돈황석굴의 재현으로 보기도 한다.

돈황석굴은 사암층이어서 굴을 파기가 쉬웠고, 그 안에 황토를 바르고 황토로 부조한 불상을 안치하기도 쉬웠지만, 남산의 경우 그 재질이 화강암이어서 처음부터 굴을 파기는 어려웠을 것이다. 그래서 생각해낸 방법이 그 상징성을 살려 드러내는 것이었을지도 모른다. 즉, 바위에 불상을 새긴 다음, 이를 바위와 잇대어서 지붕을 덮어 굴 형식으로 조성했을 수도 있다. 화강암을 안쪽으로 둥글게 깎아 들어간 경우가 많은데, 이는 상징적으로 석굴 형식임을 강조한 것일 수도 있다. 석굴암이 바로 그런—굴을 조성하여 앞쪽에 지붕을 댄 것이기는 하나—형태를 집대성한 구조다. 이런 방식은 엄청난 돈이 들어가는 큰 일이었다. 돈황석굴이 권력과 재력의 힘을 통해 조성됐듯, 남산의 석굴 조성도 상당한 권력과 재력의 뒷받침이 있었을 것으로 짐작된다.

화강암에 그려진 선의 미

두 불상은 그 구도가 대조적이다. 오른편의 좌상삼존불은 본존이 앉아 있고 양 협시보살은 서 있는데, 왼편의 입상삼존불은 본존이 서 있고 양 협시보살은 앉아 있다. 입상불은 아미타여래상, 좌상불은 석가여래불로 보기도 한다. 여래가 앉아 있고 협시불이 서 있는 건 흔하지만, 여래가 서 있고 양 협시불이 앉아 있는 경우는 드문 광경이다. 이 불상이 아미타여래라면, 아미타여래가 서 있고 보살들이 앉아 있는 그림은 곧 내영(來迎)아미타여래라 하여 선한 사람이 죽었을 때 그 영혼을 마중하러 온 모습이라 보기도 한다(윤경렬,『경주 남산』). 그렇다면 이 자리는 극락세계의 아미타여래가 이승의 석가여래로부터 생명을 극락으로 인수해가는 자리가 된다. 즉, 이 자리는 바로 신라인들의 죽음, 또는 죽은 이를 위한 의식과 깊은 관계가 있는 곳이라는 말이다. 마애불의 표

삼릉계곡의 선각여래입상삼존불과 선각여래좌상삼존불.

현이 불화처럼 그려진 것은 괘불이나 탱화처럼 의식을 위해 걸어둔 불화를 본떠 그렸기 때문인지도 모른다. 삼존불의 본존은 커다란 연꽃 위에 앉아 오른손은 손바닥을 아래로 해서 가슴에 들고, 왼손은 손바닥을 위로 향한 채 배 앞에 두고 있다. 이에 비해 좌상삼존불은 오른손은 설법인으로 가슴에 가 있고, 왼손은 선정인(禪定印)으로 무릎 위에 얹혀 있다. 양 협시불은 각각 한 무릎을 꿇고 한 무릎을 세운 채 꽃접시를 받들고 있거나 여래 쪽을 보고 서 있다. 대조를 보이는 두 불상의 배치와 구도는 고도의 미감으로 이루어진 게 아닐까 하는 생각이 든다.

두 그림이 대범하면서도 부드러운 선으로만 이루어져 있다는 데서 이 그림이 채색을 위한 밑그림이 아니었을까 상상해보게 된다. 채색을 하려면 바위 면을 부드러운 흙이나 석고 같은 것으로 발랐을 수도 있다. 그렇게 해서 색을 칠했건 아니건, 어쨌든 바위 면을 선으로만 나타낸 것은 놀라운 미감이다. 이 그림을 보면서 나는 목판 경전 속의 변상도(變相圖, 불교 경전의 내용이나 교의를 상징적으로 표현한 그림)에 나타난 선의 미, 또는 이중섭의 은박지 그림에 나타난 선을 생각했는데, 그만큼 현대적인 느낌으로 다가온다. 경전 속 변상도의 선은 목판을 깎은 것이지만, 이 마애불의 선은 화강암을 파서 그은 것인데도 나무판 위에 조각한 것 이상으로 능숙한 기교를 보여준다. 신라인들의 돌 다루는 솜씨가 여기서도 유감없이 발휘된 것이다.

하늘의 터에 앉은 마애대좌불

선각마애불을 지나 정상 쪽으로 오르다 보면 여러 마애불들을 경이적으로 만날 수 있다. 계곡 가까운 능선을 따라 비탈을 오르면 곳곳에 암석지대가 펼쳐지는데, 암석 무더기 속에서 불상 조각들이 모습을 보인다. 능선을 타고 1백 50미터가량 오르면 절벽에 그려진 선각여래좌상이 있다(삼릉계곡 선각여래좌상, 경상북도 유형문화재 제159호). 높은 곳에 위치해서 자세히 살필 수는 없지만, 잘생긴 부처는 아니다. 그래서 이 불상은 곧잘 못난 이 부처로 불리기도 하는데, 이 불상이 채색됐을 때에는 못난 부분이 커버가 됐을지도 모른다는 생각이 든다. 이 불상의 남쪽 계곡은 깎아지른 절벽인데, 이곳에 있었던 약사여래상은 지금 국립중앙박물관에 옮겨져 있다. 다시 왼쪽 계곡 건너편 절벽을 보면 희미하게 보이는 선각여래상을 찾아낼 수 있다. 입상인지 좌상인지 구별이 안 가지만, 대단히 큰 부처상이란 건 금방 알 수 있다.

선각여래좌상에서 계곡으로 이어진 비탈을 1백 미터쯤 내려가면 능선의 끝자락 봉곳한 곳에 대좌와 광배를 구비한, 조각 솜씨가 돋보이는 입체 불상이 있다(경주 남산 삼릉계곡 석조여래좌상, 보물 제666호).

'삼릉골 석조여래좌상'이라 불리는데, 얼굴의 아래쪽이 깨어져 나가 시멘트로 땜질을 해 놓았다. 광배도 넘어져 땅에 떨어진 채로 대좌에 기대어 놓았다. 대좌의 팔각 중대석에는 각 면마다 안상(眼像, 코끼리 눈의 형상을 본떠 새긴 장식 문양)이, 상대석에는 두 겹의 연화문이 능숙한 솜씨로 새겨졌다. 눈길을 끄는 게 광배석인데, 뛰어난 조각 솜씨를 보여준다. 보상화문과 나뭇잎을 두르면서 바깥으로 타오르는 화염 무늬가 아름답다. 불상의 조각은 단아하면서도 균형이 잘 잡혔는데, 얼굴 부분

삼릉계곡의 석조여래좌상.

이 깨어져 나가 안타깝다(현재는 광배와 불상의 얼굴을 보수해 놓았다).

다시 계곡을 올라 암자에서 물 한 바가지로 목을 축인 다음 바로 위 마애불로 향한다. 삼릉계곡의 끝단에 거의 이른 것이다. 거대한 바위들이 혹은 절벽을 이루고 혹은 중첩된 가운데, 암자의 왼편 거대한 절벽에 6미터의 장대한 마애불이 자리 잡고 있다(삼릉계곡 마애석가여래좌상, 경상북도 유형문화재 제158호). 절벽 아래는 그리 넓지 않으나 평편한 공간이 있어 거기서 불상을 경배한다.

이 불상을 조성하기 위해 절벽 위쪽을 둥글게 파낸 다음 머리 부분은 입체적으로 깎아내고 몸은 선각으로 처리했다. 머리에서 어깨까지는 깊이 파서 입체적으로 조각을 하고, 그 아래로는 어깨의 선이 바로 선각으로 이어지도록 했다. 애초부터 입체와 선각을 모두 사용한다는 구상으로 불상이 조각됐음을 짐작하게 한다. 입체로 조각한 머리와 선각으로 표현한 몸의 구도를 두고 '인공과 자연의 조화'를 표현한 것이라 말하기도 한다. 최소한의 인공적인 표현으로써, 불상에 예배하는 이들을 자연스럽게 자연 속의 바위로 끌어들이고 있다는 것. 이는

© 정용태

하늘의 터에 앉은 삼릉계곡 마애석가여래좌상.

남산의 마애불들이 가진 일반적 특징이기도 한데, 자연과 인공의 적절한 조화를 통해 신라인들의 자연 사상을 도드라지게 드러낸 것으로 본다. 이런 생각이 자연을 훼손하지 않으면서 그 속에 최소한의 인공을 안치하는 표현 방식을 낳았다고 할 수 있다.

불상은 몸 크기에 비해 머리가 작다. 그래서 몸 부분이 더 장대해 보인다. 우뚝한 코와 가늘게 곡선을 그린 눈썹이 대조를 이룬 가운데, 미소를 짓는 눈 부위는 조금 부어 있는 느낌을 준다. 눈길은 경배하는 곳에서는 너무 높아 마주 볼 수 없다. 아마도 서남산 조명이 가장 좋은 곳인 만큼 그 시선은 건너편 산골짜기 쪽으로 향하는 게 아닌가 한다. 아니면 불상이 새겨진 절벽 면이 약간 뒤로 기울어져 있어서 그런지, 그 시선이 먼 하늘을 향하는 듯 여겨지기도 한다. 이곳에서 보면 경주 서편 들판이 한눈에 들어온다. 그래서 불상이 앉은 자리가 바로 하늘 쪽의 높은 지대라는 별스러운 곳으로 느껴지게 만든다.

돌 속에 숨은
진신석가

진신석가의 공양

    남산은 불국토를 조성하려는 신라인들의 꿈이 결집된 산이기도 하지만, 재미있는 설화의 근거지이기도 하다. 대도시였던 서라벌의 지척에 있다 보니 신라인들은 자주 남산을 올라 숱한 절과 마애불에 경배를 했고, 따라서 갖가지 재미있는 얘기들이 지어지고 유포되기도 했다. 그런 가운데 남산 언저리에 이런 재미있는 얘기도 하나 전해 온다. 『삼국유사』(권5 감통 제7, 眞身受供)에 나오는 얘기다.

　신라 32대 효소왕 때 동남산 앞쪽의, 사천왕사(四天王寺) 가까운 남천 강가에 망덕사(望德寺)를 짓고 낙성식을 하는 자리에 왕이 친히 참석하여 공양을 했다. 망덕사를 짓게 된 것은 사천왕사를 당나라에 노출시키지 않기 위해서였다고 한다. 잘 알려져 있다시피 사천왕사는 당나라 군사의 침입에 대처하기 위해 지어진 절이다. 당나라가 그 소문을 듣고 그 사실을 확인하기 위해 사신을 파견했는데, 신라는 이에 급히 망덕사를 지어 사천왕사라고 속였다. 절을 지어 당나라 황실의 만수를 빌었다는 거짓말을 한 것이다. 망덕사는 문무왕 11년(671년)에 창건했으나 『삼국유사』에는 효소왕 즉위년(692년)에 낙성했다고 잘못 기록하고 있다. 문무왕 11년에 당의 사신을 속이기 위해 급조로 창건한 후 서서히 절을 중수하여 효소왕 때 낙성재를 베푼 것이 아닐까 추측된다. 망덕사는 지금 동남산 아래 남천 건너편에 절터만 남아 있다.

　어쨌든 이날 낙성식은 성대하게 열렸다. 임금이 친히 공양을 하는 만큼 성황을 이룬 건 당연했다. 그때 옷차림이 누추한 거지 중이 와서 임금에게 청했다.

"빈도(貧道, 덕이 적다는 뜻으로, 승려가 자기를 낮추어 이르는 말)도 재에 참석하도록 해주십시오."

임금은 그 초라한 차림새가 언짢았지만 말석에 앉는 걸 허용했다. 재를 마치자 임금은 거지 중을 불러 어디에 사는지 물었다. 중은 남산 비파암(琵琶巖)에 살고 있다고 했다. 임금은 비웃으며, "돌아가거든 국왕이 올리는 재에 참석했다는 말은 하지 말라"고 했다. 그러자 거지 중도 웃으며, "폐하도 돌아가시거든 진신석가를 공양했다는 말씀은 하지 마십시오"라며 몸을 솟구쳐 하늘에 떠서 남쪽으로 날아가버렸다.

당황한 왕은 동쪽 산(그러니까 낭산 쪽일 듯)에 올라가 그가 간 방향, 곧 남산 쪽을 향해 절하고 급히 신하들을 보내 그를 쫓게 했다. 그는 남산 삼성골[參星谷] 바위 앞에 지팡이와 바리때를 놓고는 숨어버렸다. 바위 속으로 숨어버린 것이다. 임금은 자신의 태도를 부끄럽게 여겼다. 이에 사죄하는 뜻으로 비파암 앞에 석가사를 짓고, 부처가 숨어버린 바위가 있는 곳에는 불무사를 지어 지팡이와 바리때를 나누어 보관했다.

임금과 거지 중의 대비는 겉보기에 불과하다. 내용을

보면 오히려 거지 중이 진신석가가 되고 임금은 이를 공양하는 신도에 불과한 존재로 역전된다. 이 이야기를 통해 성과 속, 귀함과 천함, 유와 무라는 상대적 차별의식이 기실은 살아가는 이들의 이해와 관습에 의해 규정되는 분별심일 뿐이라는 사실이 강조된다. 그런 이분법적 구분은 이 세계의 껍데기에 불과한 규정일 뿐 궁극적으로는 없다. 모든 존재는 더 잘나고 더 못난 것이 없다. 이런 불교적 평등 사고가 이 이야기 속에 깃들어 있다. 또는 모든 눈에 드러난 현상계의 한계를 지적하고 현상계에 집착하는 중생들의 짧은 소견을 벗어나 현상계에 감추어진 진리의 진면목을 투시해야 한다는 교훈이 깃들어 있다고도 볼 수 있겠다. 『삼국유사』에는 이와 유사한 얘기들이 많이 보인다. 냇가에서 빨래하는 노파가 변재천녀의 화신이며, 국사의 반열에 오른 큰스님을 질타하는 거지 중이 바로 부처의 화신이다.

아울러 남산은 그런 위대한 존재들의 거처이기도 함을 이 이야기는 강조한다. 위대한 존재들, 부처들이 거처하는 공간은 더없이 성스러운 공간이다. 남산은 그런 곳이다.

한편 진신석가는 하필 왜 돌 속에 숨어버렸을까? 이 대목은 남산을 성지로 여기는 심리의 바탕이 돌에 있음을 은연중 드러내 보이는 것이라고 할 수 있다. 남산은 돌이 많은 바위산이다. 화강암들이 골짜기마다 산등성이마다 널려 있다. 그 돌들은 불교가 전래되기 전부터 신앙과 경배의 대상으로 존재했다. 불교 유입 후 많은 돌에는 마애불이 새겨졌다. 남산 전체가 불상과 불탑과 절터로 조성됐다. 말하자면 남산의 돌은 우리의 재래 민간 신앙과 불교 신앙의 결합과 조화를 보여주는 한 예라고도 할 수 있다.

　남산은 지금도 살아 있는 부처들의 집합지로 신도들의 끊임없는 기원과 기도의 발길이 이어진다. 어찌 신도들만 남산을 오르내리겠는가? 이곳의 부처들도 똑같이 남산을 오르내리며, 시정을 쏘다니기도 하고, 임금이 공양하는 잔치에도 한자리를 차지하려 기웃대기도 하는 것이다. 성과 속, 부처와 신도들은 일방적으로 오고 가는 것이 아니라 서로 왕래한다. 이런 생각이 신라 불교를 대단히 역동적으로 만들었다고 할 수 있다. 성과 속을 하나로 아우르는 걸 온몸으로 실천한 원효의 원융사상(圓融思想)도 이런 생각에 바탕을 두고 있다고 해야 할 것이다.

이런 생각은 나와 남을 보는 안목이 편향되거나 왜곡되지 않게 한다. 혹 자기에게 다가오거나 자기 옆을 지나가는 이가 남루하고 못생겼다고 무시하지 말아라, 남산의 부처가 변장을 해서 돌아다니는 것일 수도 있으니 말이다, 하는 마음으로 남을 대하기 때문이다. 이는 남산을 마냥 성스러운 곳이라고만 여기고 세속과 확연히 구분 짓는 게 아니라, 세속과 남산을 하나의 세계로 너그럽게 껴안는 태도이기도 하다.

비파암이 있는 골짜기

비파암은 비파골 안에 있다. 예부터 이 골짜기 안에 비파바위가 있다고 해서 그렇게 불리었던 모양이다.

서남산 아래로 난, 언양 가는 도로를 따라 삼릉골을 지나면 약수골, 그 다음이 비파골이다. 약수골과 용장골의 사이에 있는 골짜기이다. 삼릉골에서 경주교도소 앞을 지나 조금만 더 가면 비파마을이 있다. 비파마을 옆을 흐르는 개울을 따라 오른다. 골짜기는 2킬로미터 정도 되지만, 골의 모양이 아기자기할 뿐만 아니라 상류에는 바위들이 중첩돼 있어서 기이한 느낌을 자아낸다. 몇년 전 이 골짜기에 산불이 나서 지금도 그 흔적이 흉하게 남아 있다. 그 많던 소나무들이 거의 타버려 풀덤불만 우거져 있다. 덕분에 이 골의 바위들이 제대로 드러나 있다.

마침 이 골을 타고 오른 날이 올 들어 제일 추운 데다 바람이 몹시 불었다. 골짜기의 나무들이 거의 다 타버려 몸을 숨길 데도 없었다. 그러나 골짜기를 오르다 보면 등에 땀도 나고, 가리는 게 없어서 등성이 바위 위에 앉으면 조망이 너무 좋다고 위안을 하기도 했다. 황량한 가운데서도 돌이 많아 볼 만하고, 특히 예부터 진신석가가 주석(駐錫)하는 곳이라 믿겨 온 골짜기인 만큼 생각하기 나름으로는 꽤 웅숭깊은 산골 맛을 느낄 수도 있어서 지루하지 않다.

남산의 골짜기 가운데서도 이 골짜기는 비교적 유적이 적다. 그 흔한 불상 하나 없다. 왼쪽 삼릉골에는 많은 불상들이 있고, 오른쪽 용장골도 기막힌 탑과 불상들이 즐비하지만, 이곳은 그런 유적들이 없어 사람들의 발길이 뜸하다. 이 골짜기와 붙은 약수골의 상류에 두 기의 불상이 있어서 그걸 참배하고 내려오는 게 그나마 위안이 될 정도다. 그렇지만 이 골에도 세 곳의 절터가 있고, 탑 자리도 네 곳이나 된다. 최근에는 탑 자리 한 군데가 복원되었는데, 삼층탑이 수습되어 세워져 볼거리가 생겼다.

어쨌든 이 골짜기는 특이한 기분을 느끼게 하는 무언가가 있는 것 같다. 무엇보다 진신석가가 거주하던 골짜기가 아닌가? 그런 믿음을 예부터 가졌을 정도라면 뭔가 다른 점이 있게 마련이었을 것이다. 그래서 그런지 골의 바위들의 생김새가 특이하고 상류로 들어갈수록 사방이 가파른 산들로 둘러싸여 깊고 우묵하여 딴 세상에 든 느낌을 강하게 받는다. 한두 명이 조용히 등산을 하기로는 이만 한 곳이 없다.

『삼국유사』에는 이 골짜기를 '대적천(大磧川) 원(源) 삼성곡'이라 했다. 대적천의 발원지라는 뜻이다. 비파마을 옆으로 흐르는 개울 이름을 옛날에는 대적천이라 했던 모양이다. 골짜기가 급해 비가 오면 갑자기 물이 불어 쏟아져 내리며, 그때 이 산에 많은 화강암의 부스러기들이 골짜기에 쌓이게 되는데, 그래서 그런 이름이 붙었는지도 모른다. 이 대적천이 발원하는 가장 상류지역이 바로 비파암이 있는 골짜기가 된다.

그 근원인 상류를 에워싼 등성이 가운데 약수골과 비파골의 경계를 이루는 등성이에는 예부터 삼형제바위로 불러온 세 개의 바위가 있다. 지금도 인근 사람들의 기도처로 요긴한 바위들이다. 촛불을 밝히는 이들이 끊이지 않는다. 이 바위 때문에『삼국유사』는 이 골짜기를 삼성골로 기록했다. '삼성(參星)'의 '성'은 경상도 방언으로 '형'을 지칭하는 발음이기도 하다.

그 바위가 있는 등성이의 남쪽 비탈, 원 골짜기의 지류를 이루는 작은 골의 아래쪽에 비파처럼 생긴 묘한 바위가 우뚝 서 있는 게 눈에 띈다. 높이 7미터쯤 될까. 목이 굽은 당비파 모양이다. 비파암이다. 이 골을 상징하는 바위로, 예부터 그 기이한 모양 덕분에 신성한 바위로 대접을 받았으리라 여겨지는 미끈하게 잘생긴 바위다. 바위들이 중첩해 서 있는 가운데 비파바위는 이 골짜기를 하나의 음악적인 공간으로 바꾸는 역할을 하는 듯하다. 바람이 불면 나무와 풀들이 내는 소리가 바위들을 흔들어댔으리라. 그 소리를 듣고 있노라면 이 골짜기 전체가 불현듯 음악 소리로 가득 차는 느낌에 휩싸이기도 했을 것이다. 순전히 비파바위가 하나 있다는 사실만으로도 예민한 이들은 그런 느낌을 가졌을 법도 하지 않겠는가.

비파암 바로 아래에는 작은 절터가 있다. 석가사터로 추측되는데, 오래 전 이곳에서 아름다운 꽃무늬가 아로새겨진 암막새 기와가 나왔다고 한다. 이곳에서 도랑을 건너면 비파골 최상류지대다. 꼭대기에서 흐르는 두 개울이 여기서 만난다. 개울 사이로 삼각형의 가파른 등성이가 뻗어 오르는데, 그 등성이에 흩어져 있는 탑재가 보인다. 등성이는 두 개의 봉우리를 이루며 정상 쪽으로 이어지는데, 이들 두 봉우리에는 각각 하나씩 탑이 있었을 것으로 추측된다. 두 기분의 석탑재들이 등성이와 비탈 여기저기에 흩어져 있다. 이곳에 탑이 두 기나 세워졌다는 것은 절이 있었다는 걸 뜻한다. 비파암과 그 아래 절터와 더불어 이 탑들이 배치됐을 것이다.

아래쪽 등성이 탑 자리에는 최근 조성된 듯한 무덤이 자리 잡고 있다. 무덤의 상석으로 탑의 기단면석이 쓰였다. 남산에서 가장 거슬리는 게 무덤이다. 국립공원이라 무덤을 쓰지 못하게 되어 있는데도 계속 늘어난다. 한밤중에 몰래 시신을 메고 와선 가매장을 해버린 다음 한두 해가 지나면 버젓이 상석을 해 놓는다. 남산이 풍수상 명당이 많다는 소문을 타고 한때 이런 무덤들이 꽤 생겨났다. 지금도 산의 곳곳에는 계속해서 새로운 무덤이 생겨나 남산 훼손의 주범이라는 지적을 받는다. 당국은 무덤을 정비하기 위해 주인에게 이장을 공고하는 표지를 붙이는 등 아이디어를 짜내보지만, 효과를 보지 못하고 있는 실정이다.

이곳 탑 자리는 당장 복원이 가능할 듯 보인다. 주변에 흩어진 탑재들을 수습하면 상당한 정도로 복원이 가능할 것이다. 모자라는 부분은 최소한의 인공을 가미해 채워 넣으면 될 것이다. 빨리 무덤을 이장하고 이 자리에 탑을 복원했으면 싶다. 그렇게 되면 이 골짜기의 분위기가 아주 달라질 것이다.

비파골의 중간쯤 내려오면 제법 넓은 터가 나온다. 잠

늠골이라 불리는 곳이다. 이곳에는 1.5미터 높이에 길이가 10미터쯤 되는 축대가 있고, 축대 위와 아래에 기와 조각들이 많이 흩어진 걸 볼 수 있다. 절터다. 일제 침략기에 조선총독부가 발간한 『남산의 불적』을 보면 석가사는 잠늠골 입구에 서 있는 삼각형의 봉우리 밑에 있으며, 그 아래로 내려가 불무사가 있다고 되어 있으나 이는 잘못된 것이다. 앞서 보았듯 석가사는 비파암 부근에, 불무사는 탑재가 흩어져 있는 최상류 지역에 있는 절터다. 일제 당시 조사를 한 이들은 골짜기 안을 자세히 살피지 못한 것이다.

이곳에 있었던 절은 진신석가가 주석하는 골짜기를 지키는 가람으로서의 역할을 했으리라. 절터 뒤로 해서 북쪽 골짜기를 오르면 약수골로 넘어가고, 동쪽 상류 쪽으로 내처 오르면 비파암 있는 골짜기로 이어진다. 절터의 북쪽을 이루는, '삼각형의 봉우리'라 불리는 등성이가 제법 높은데 그 위에 복원한 삼층탑이 서 있는 게 눈에 들어온다. 마을 사람들이 '잠늠골 삼층탑'이라 부르는 탑이다(경주남산 비파곡 제2사지 삼층석탑, 경상북도 유형문화재 제448호).

비파골의 아름다운 작은 탑

1980년대 초에 윤경렬 선생과 함께 비파골에 들렀을 때 이곳에는 지금의 상류 쪽에서 보았던 것처럼 탑재들이 여기저기 흩어져 있었을 뿐이었다. 그 가운데 특히 기단석이 눈을 끌었다. 별로 인공을 가하지 않은 채 탑이 놓여질 윗면만 대강 다듬었을 뿐이었다. 최소한의 손질만 해서 그 위에 탑을 얹은 것인데, 어떻게 그런 생각을 할 수 있었는지 궁금했다. 기단석 밑에는 탑의 옥신과 옥개석이 흩어져 나뒹굴고 있었다.

흩어진 탑재들 옆 큰 바위에는 지름이 21센티미터, 깊이 15센티미터가량의 구멍이 있는데, 석등을 꽂은 자리였다. 이곳에 탑이 있음을 알리는 석등이었으리라. 그 바위에 앉으면 등성이 아래 절터가 있는 골짜기가 내려다보이고 비파골의 전경이 잘 올려다보인다. 산 아래로는 서천 강물이 이룬 너른 들과, 들 너머 망산, 그리고 그 너머 벽도산이 조망된다. 그러니까 탑이 있는 이 자리야말로 등성이가 높지도 낮지도 않아서 서남산의 운치를 십분 살릴 수 있는 자리가 아닐 수 없었다. 윤경렬 선생은 그 바위에 앉아 한동안 피리를 불었다. 그러고는 이 자리에 탑이 복원되면 참으로 아름다운 정경을 이룰 것이라고 중얼거렸다. 그 바위는 지금도 여전히 남아 있다. 그리고 그때 여기저기 흩어져 있던 탑재들이 2002년 수습되어 삼층석탑이 세워졌다.

비파골 삼층석탑은 소박하지만 청초한 들꽃처럼 피어 있다는 느낌을 준다. 탑은 크지 않다. 아니, 아주 작다. 상륜부를 제외한 높이가 기단을 이루는 바위 높이를 합쳐도 3미터 남짓할 뿐이다. 특별한 조각도 없고 장식도 없다. 옥개석 받침은 4단인데, 소박미를 잃지 않고 있다. 바위를 그대로 쓴 듯 여겨질 정도로 기단석이 인공의 흔적을 보이지 않는데도 아름답게 느껴진다. 탑이 의외로 작고 장식을 벗어나 소박함을 지닌 것이 오히려 더 사치스럽게 느껴질 정도다. 특별히 기단을 마련하지 않고 그냥 돌을 적당히 가공해서 탑을 올려놨기에 산등성이는 그 자체로 탑의 기단이 되는 느낌을 준다. 소박한 모습을 보이고 있지만, 그렇게 따지고 들어가보면 참으로 교묘한 배치라는 걸 알 수 있다.

용장사 석탑에서도 그랬지만, 남산의 탑들은 기단이

과도하게 크지 않다. 탑을 떠받치는 산등성이 자체가 기단이 되는 효과를 살리려고 그렇게 한 것이다. 산과 탑은 거친 기단석을 통해 실제로도 그렇고 심리적으로도 절묘하게 이어진다. 탑의 높이는 수미터에 불과하지만 등성이 높이가 기단이 됨에 따라 산 높이 자체가 탑의 높이가 되는, 절묘한 자연합일의 면모를 보여주는 것이다. 그래서 이 탑은 작지만 여느 남산의 큰 탑들에 뒤지지 않는다는 말을 듣기도 한다.

기단석을 거의 다듬지 않았다는 점에서 우리는 그 기단 위에 세워진 탑을 통해 거친 지상의 것들이 지상을 뚫고 솟아 하늘과 이어지는 장엄한 광경을 유추해보게 된다. 삼각형의 산 위에 세우는 탑 하나일지라도 자연과의 조화를 우선함으로써 그야말로 자연을 장엄하는 데 무리가 없음을 비파골 삼층석탑은 잘 보여준다.

1926년에 남산 일대의 조사가 이루어졌을 때 이 탑을 조사한 이들은 탑이 세워졌을 때의 그 절묘한 모습을 상상하며 "한 작은 정원을 이뤘다"고 찬사를 보냈다고 한다. 산등성이가 잘 보이는 골짜기 어느 곳에서든 비파골 삼층석탑을 보면 그 아름다움이 실감된다. 국도에서도

소박하지만 청초한 들꽃 같은 비파골 삼층석탑.

아련한 자태가 보인다. 그 고운 자태는 과장되지 않고 쉬 주변의 산등성이와 나무와 풀과 바위와 어울리는 모습이어서 멀리서 봐도 감동적이다.

하늘 위에 핀
꽃 같은

열반골, 천룡사지

니르바나의 길

고위산은 북편의 금오산과 더불어 남산의 남쪽 축을 이루는 산이다. 용장계곡을 거슬러 오르다가 용장골 물과 열반골 물이 만나는 지점에서 고위산의 한 골짜기인 열반골로 꺾어 들어가 내처 골짜기를 더듬어 오르면 고위산의 서편 줄기를 타고 넘는 고갯마루에 닿는다. 고개 너머는 산의 8부 능선쯤인데도 불구하고 아주 널찍한 터가 펼쳐져 있다. 천룡사터다.

천룡사터로 오르는 지름길은 여러 갈래가 있다. 얼마 전 누워 있는 마애불상의 발견으로 화제를 모은 열암곡이나 백운골의 백운암으로 오르는 길도 있다. 아름다운 산책길로 유명하다. 서남산 아래 언양 가는 길을 따라 가다가 용장골 입구를 지나 틈수골 마을에서 시작하기도 한다. 그러나 굳이 열반골로 해서 고개를 넘는 길을 택한다. 용장골과 열반골은 아득한 신라 적부터 많은 절들이 집중된 곳이다. 열반골 입구에서 수리산 곧 고위산에 이르는 골짜기에는 수십 개의 절터가 산재해 있다. 그러니 옛날부터 용장골 초입에서 열반골로 해서 고개를 넘어 천룡사로 가는 이 길은 꽤 번잡했을 것이다. 나도 그런 느낌에 휩싸여보고 싶은 것이다.

그러나 지금은 그렇지 못하다. 그 많던 절들이 모두 폐사했고 관음사만 유일하게 남았을 뿐이다. 관음사까지는 길이 포장되어 있어서 차가 올라가지만, 사람들과 차의 왕래가 뜸하다. 게다가 열반골은 남산 어디를 가도 흔하게 보이는 마애불이 하나도 없는 골짜기다. 그래서 찾는 이들이 많지 않다.

그러나 이 골짜기가 남산의 골짜기들 가운데 가장 고

즈녁하면서도 아름다운 산길로 이어져 있음을 아는 이들은 찾아들기도 한다. 사람들이 많이 다니지 않아 남산 골짜기 특유의 아기자기한 분위기가 느껴지며, 잡목과 소나무가 한데 어울려 부드러운 기운을 간직하고 있다. 골짜기를 오르면서 올려다보는 바위들의 모습도 정겹다. 지금은 나무가 많이 우거져 골짜기 주위의 바위들이 잘 드러나지 않지만, 옛날부터 이 골짜기에는 기이한 돌들이 많아 '남산의 만물상'으로도 불렸다. 바위마다 정을 쪼아댔던 남산이지만, 이 골짜기만은 손대지 않은 채 온전하게 그대로 두었을 정도다. 그래서 바위들이 자연이 만든 신기한 모습들을 가감 없이 보여준다고 말하기까지 한다.

이 골짜기는 천룡사라는, 신라인들이 가장 영험 있는 곳으로 여긴 성지를 지향하면서 오르던 길이다. 천룡사는 남산에서 가장 높은 곳에 위치한 절이다. 예부터 명당으로 소문났고, 국태민안을 빈 곳이었으며, 개인적으로도 복을 비는 중요한 기도처였다. 고위산은 예부터 수리산으로 불리기도 할 만큼 '세계의 정수리'라는 의미가 강조됐다. 그 위에 세워진 절이라는 점에서 불교가 지향하는 진리 추구의 도달점이라는 의미 부여도 가능해진다. 그러므로 천룡사를 찾아가는 이 길은 시련의 골짜기를 지나 마침내 열반의 세계에 오르는 기쁨을 예견하는 길이기도 했을 것이라는 생각을 해본다. 열반길은 곧 니르바나의 길이다. 세속과 극락의 갈림길에서 깨달음의 열망으로 고난의 길을 택한 이의 고통과 외로움이 엄습하는 여정으로서의 상징성을 내포한 골짜기가 바로 열반골이었다. 그런 설화가 하나 전해 온다.

서라벌에 권문세가로 각간 벼슬을 하는 사람이 외동딸을 두었는데, 딸의 미모가 뛰어나고 마음씨도 고왔다. 처녀가 되자 미모에 끌린 온갖 남자들의 눈총이 성가시고 따가왔다. 권력을 가지고 탐하기도 하고, 돈으로 유혹하는 이들도 있었다. 견딜 수 없을 지경이었다. 결국 이 처녀는 집 떠날 결심을 한다. 세속의 인연을 끊고 출가의 길을 택한 것이다. 그 길이 바로 험한 열반골을 지나가야 하는 길이었다.

처녀는 골의 입구에서 화려한 장식과 비단옷을 벗어 던지고 수수한 모습으로 길을 나섰다. 그러나 미모는 감출 수 없었다. 그녀가 골짜기에 들어서자 골짜기의 모든 것들이 술렁였다. 앳된 처녀의 살냄새를 맡은 온갖 짐승들이 앞길을 막으며 으르렁댔다. 그러나 처녀는 가는 길을 포기하거나 되돌리지 않았다. 천신만고 끝에 거친 골짜기를 벗어나 고갯마루에 오르니 지팡이를 짚은 할머니가 기다리고 있었다. 처녀는 할머니의 손에 이끌려 부처의 세계인 천룡사로 안내된다. 거기서 그녀는 비로소 속세의 고통을 벗고 보살이 된다.

선택받은 유복한 이가 세속의 유혹을 떨치고, 온갖 고통을 거쳐 불국토에 이르는 출가의 얘기다. 이 이야기의 전형은 석가모니가 성도하기까지 겪은 고행이라 할 수 있겠는데, 여성을 주인공으로 한 것이 특이하다. 이것 역시 신라의 놀라운 상상력이라 할 수 있을까? 이 얘기는 열반골이라는 구체적인 장소를 무대로 해서 만들어진 것인데, 불교적인 깨달음의 수행에 맞춘 상상력이 절묘하다는 생각이 든다.

자, 그러면 열반골을 한번 들어가보자. 골 입구에서 2백 미터쯤 들어가면 개울 동편에 수십 명이 앉을 만한 널찍한 바위가 있다. 집 떠난 처녀가 세속의 옷과 장식을 벗어던지고 먹물 옷으로 갈아입은 게 이 바위 위에서

였다. 이름도 옷갈아입은바위[更衣岩]. 골짜기로 들수록 갖가지 짐승 모양의 바위들이 나타난다. 고양이가 가장 먼저 처녀의 살냄새를 맡고 나타난다. 고양이바위[猫岩]다. 이어서 개바위, 여우바위, 산돼지바위, 곰바위, 뱀바위들이 나타나 위협을 한다. 귀신바위도 있다. 이들 바위에 쫓기듯 골짜기를 오르면 두 골짜기가 만나는 어귀에서 사자바위가 막아선다. 곰같이 보이기도 해 곰바위라고도 불린다. 이 바위 앞에 관음사라는 작은 절이 있다. 신라 때부터 있던 절인데, 허물어진 축대를 보수하여 새로 지었다.

　관음사 뒷산이며 사자바위 동쪽 등성이인 산기슭을 따라 다시 많은 바위들이 얽혀 있다. 호랑이를 닮은 맹호암, 들소바위, 이무기바위, 독수리바위들이 이어진다. 이들 바위를 지나 한결 안온한 느낌이 드는 골짜기를 지나면, 그 모양이 똥 같다 하여 똥바위라 불리는 바위가 나타난다. 비가 오면 똥바위 사이로 흘러내리는 물이 오줌 같다고 하여 오줌바위라고도 한다. 이 똥과 오줌의 더러움을 뛰어넘어서 처녀는 마침내 깨달음의 세계에 이르게 되는 것이다. 고갯마루 어귀에는 지팡이바위 또는 할미바위라고 불리는 바위가 있다. 이 바위는 고통을 뚫고 올라온 이들을 부처의 세계로 인도하는 지장보살과 같은 존재로 상징화된다.

열반골의 이 설화는 현장감이 듬뿍 느껴질 정도로 재미있다. 너무나 뻔한 얘기인데도 불구하고 불교의 가장 깊은 세계를 드러내고 있다는 점에서 심오하기까지 하다. 열반골의 깊이는 여느 산에 비해 깊다고 할 수 없다. 초입에서 고갯마루에 오르기까지 천천히 걸어도 한 시간이 채 걸리지 않는다. 바위들도 기이하게 생기긴 했지만, 남산 어디서나 흔히 보이는 화강암의 덩어리들이 솟아 있는 정도를 크게 넘지 않는다. 그럼에도 한 골짜기의 모습을 특징적으로 잘 드러내면서 소박함을 잃지 않은 채 이야기를 끌어내는 힘, 곧 현실과 밀착된 불교적 상상력이 놀랍지 않은가?

신라인들은 아무렇지도 않은 현실을 이런 상상력을 동원하여 굉장한 세계로 변모시킬 줄 알았다. 이를 통해 우리는 남산의 숱한 불적들이 이런 소박하지만 대단히 낭만적이고 열정적이며 심오한 성찰력을 가진 민초들에 의해 오랜 시간을 두고 만들어진 것임을 깨닫게 된다. 현실의 고통은 참아내야 할, 극복해야 하는 것에 지나지 않으며, 그런 고통의 현실을 피하지 않고 맞부딪쳐 싸워야 하며, 그래서 보다 나은 세계를 확실하게 연다는 낙관적 전망이 돋보인다.

이 이야기의 지향점이 불국토인데, 그것을 구체화한 곳으로 천룡사가 설정된 것이 의미심장하다. 왜 하필 구도의 지향점이 천룡사였을까? 천룡사가 남산에서 아주 특별한 절이며, 천룡사에 간다는 것이 예부터 의미가 부풀려지고 강조됐을 것이라고 짐작한다. 천룡사는 남산의 가장 높은 지대에 가장 크고 성대하게 장엄된 사찰이라는 점에서 남산을 불국토화하려는 신라인들이 그 극점으로 삼아 기려온 절이 아니었을까 하는 생각도 그래서 해보게 된다.

천룡사, 또는 구름 위의 절

천룡사는 하늘 위에 핀 꽃 같은 절이었다고 말할 수 있을까? 그 위치만 봐도 그렇게 볼 수도 있었으리라 짐작된다. 고갯마루에서 내려서면 이내 절터다. 해발 3백 미터 지점쯤, 곧 고위산 정상에서 서쪽으로 흘러내리는 천룡골의 최상류쯤에 널찍하게 펼쳐진 분지다. 동쪽과 남쪽, 그리고 북쪽이 병풍처럼 둘러 있는 가운데 펼쳐진 분지는 6만여 평에 이른다. 명당 중의 명당이라 이르는 것이 틀리지 않음을 느낄 수 있을 정도로 위치가 빼어나다.

이곳을 이른바 테라스형 분지라고 한다. 분지 아래로 급경사를 이루고 있어서 테라스처럼 공중에 떠 있는 느낌을 자아내기 때문이다. 그래서 이곳에 서면 마치 하늘에 온몸이 생경하게 노출되는 기분이 든다.

고갯마루에서 비탈을 따라 우거진 참나무숲을 빠져나오니 여기저기 핀 철쭉꽃들이 숲속은 물론 분지 주변을 아름답게 장식하고 있다. 그러나 분지 안은 사유지로 경작이 이루어지고 상당수의 비닐 하우스가 여기저기서 있어서 어지럽기 짝이 없다. 정비가 시급하다는 인상을 준다. 이곳의 토질이 비옥하여 오래전부터 농사가 지어져 왔다. 논도 있고 밭도 있으며 농가도 있다. 비닐하우스로 만든 법당도 동편 산 아래쪽 대숲 가에 있어서 끊임없이 불경 테이프를 틀어 놓고 있다. 민가의 비닐하우스는 식당용으로 사용되고 있다.

분지의 중앙에는 1991년에 복원됐다가 근래에 다시 세워진 삼층석탑이 있다(경주 남산 천룡사지 삼층석탑, 보물 제1188호). 남산의 탑들 가운데서는 맏형뻘로 대접 받는 탑이다. 남산의 높은 지대에 세워진 탑들이 그렇듯 이 탑도 이중 기단을 크게 하지 않았다. 탑을 받치고 있는 산 전체가 기단이 되는 셈이다. 1층의 옥개석을 받친 옥신 받침은 제대로 갖추어진 모양을 하고 있지만 2, 3층의 옥신은 1층에 비해 급격히 작아진 모습이어서 전체적으로 소박하면서 가벼운 느낌을 준다. 3층의 옥개석 위로는 날렵한 상륜부를 갖춰 놓았다.

천룡사지 삼층석탑 주위에 많은 석재들이 흩어져 있다. 탑의 남서쪽에 있는 민가의 마당에는 목이 떨어진 귀부가 일부 흙에 묻혀 있다. 귀부이지만 거북의 등에 비를 세운 건 아니고, 불경을 새긴 당석 곧 비석이나 당간 등을 받치기 위한 받침돌이 꽂혀 있었다고 한다. 당석을 꽂았던 곳의 둘레에는 보상화와 연꽃이 화려하게 새겨 있어서 이 유물이 예사 유물이 아니었음을 짐작게

남산의 탑들 가운데 맏형뻘로 대접 받는 천룡사지 삼층석탑.

한다.

귀부가 있는 민가의 북쪽 담장 가에는 석조(石槽, 큰 돌을 파서 물을 부어 쓰도록 만든 돌그릇)가 있다. 이 터에는 이것 말고도 석조가 하나 더 있다. 석조의 겉면에는 선각으로 안상이 새겨져 있다. 또한 여러 가지 다양한 절의 석재들이 민가의 구석구석에 박혀 있는 게 보인다. 빨리 수습되지 않으면 훼손되거나 사라지는 게 시간 문제인 듯 여겨진다. 이들 석재들은 현재 천룡사 법당으로 쓰이는 비닐하우스 주변에 모여 있었던 것들도 있다. 탑의 북서편 10여 미터 지점에 지대석과 면석을 갖춘 기단석들이 노출돼 있는 것도 보인다.

천룡사지 삼층석탑에서 2백 미터가량 떨어진 북편 산자락 아래에는 돌로 만든 연화대좌 두 기와 초석 및 석등 조각들이 민묘 주위에 널려 있다. 연화대좌는 지름이 하나는 1미터, 다른 하나는 1미터 17센티미터 정도다. 둘 다 끝이 뾰족한 앙련화를 위에 여섯 잎을 새기고 아래 겹으로 꽃잎을 더 새겼다. 큰 꽃잎 안에도 작은 꽃잎을 새겨 놓았다. 조각 솜씨는 거칠다. 불상을 얹었던 것 같지는 않고 아마도 부도를 얹었던 게 아닌지 추측이 된다. 다른 석재들도 더러는 묘의 상석으로 쓰이기도 하고 묘로 올라가는 계단으로 쓰이는 등 방치된 것이 심각한 상태다. 이들 석재들로 봐서 이 지역도 사역으로 중요한 곳이며 이곳 주위를 발굴하면 사찰 관련 유구가 더 있을 것으로 짐작된다. 빨리 이 유적지들이 수습되어야 할 것이다.

이곳에는 조선시대의 부도 네 기가 있는데, 물어물어 겨우 두 기를 찾아냈을 정도로 안내 표시가 되어 있지 않다. 삼층석탑의 서북편 작은 못가에 두 기가 서로 멀찍이 떨어진 채 풀숲에 묻혀 있는데, 모두 석종 형태이다. 이곳 주민이 주위의 풀을 낫으로 쳐내 못 위쪽의 부도까지 가는 길을 겨우 냈다고 말했다. 그러나 가까이 다가가기가 어려울 정도로 방치돼 있어서 안타깝다. 못 북쪽 가의 부도 역시 주변 정리가 안 되어 있기는 마찬가지다. (천룡사지 삼층석탑 주위의 모습은 2000년대 초의 상황을 그린 것인데, 지금은 현장이 정비되었다.)

천룡사는 높은 곳에 위치한 데서 수리사, 고위사(高位寺) 또는 고사(高寺)라 했다. 절의 이름에 대해서는 여러 설이 있다. 이 절을 중수한 최제안의 두 딸의 이름을 따서 지었다고도 하지만, 이곳의 지형을 보고 절 이름을 유추하는 이도 있다. 즉 고위산 정상에서 내려오는 천룡바위가 있는데, 그 모양이 용과 흡사하다. 그 밑에 고개를 처든 바위가 용두암이며, 이 바위의 몸체를 떼어 놓고 보면 마치 배처럼 생겨서 운도암(雲棹巖)이라고도 했다. 구름 위로 노 저어 간다는 뜻이다. 그러니까 천룡바위가 있는 산이라 해서 천룡산이라 부르기도 하고, 절 이름도 그래서 지어졌다는 것.

천룡사는 문무왕대 또는 그 이전에 지어진 절이라 추측된다. 지금은 폐허로 변해 있지만 조선조 때만 해도 천룡사는 경주 지역의 주요 사찰로서 격이 높았던 것으로 알려져 있다. 『삼국유사』(권3 탑상 제4, 天龍寺條)에 따르면 이 절은 속칭 수리사 또는 천룡사라 하는데, 신라 말기에 쇠잔하여 파괴된 것을 고려 초 시중 최제안이 중수한 것이다. 최제안에게는 천녀(天女)와 용녀(龍女)라는 두 딸이 있었는데 두 딸을 위해 절을 세우고 이름도 천룡사로 했단다.

『삼국유사』는 중국의 사자 악붕귀가 이 절에 와서 둘러보고는 "이 절을 파괴하면 곧 나라가 망할 것"이라 했음을 밝히고 있다. 그만큼 중요시된 사찰이다. 실제로 신라 말에 이 절이 부서지고 나서 신라는 패망한다.

천룡사는 조선 전기의 『신증동국여지승람』의 기록에도 나오고, 조선 후기 이곳에서 『묘법연화경』이 간행된 것 등으로 봐서 조선조 말까지 법통이 유지된 것으로 보인다. 그때까지 경주 지역에서 상당한 지위를 차지하고 위세를 떨친 것으로 짐작된다. 1996년 말에서 1997년 2월 초까지 이루어진 발굴 조사 때 이 절의 본당인 금당의 자리를 보니 고려시대 이후 3차에 걸쳐 중창된 것이 확인됐고, 삼층석탑의 북편으로 11개 동의 건물지가 조사되기도 했다. 절터가 상당히 컸던 것이다.

천룡사터는 그러나 비감과 쓸쓸함이 감도는 폐허로 남아 있을 뿐이다. 폐허의 풍경답게 이곳에서 보는 황혼의 풍경이 아주 아름답다고 한다. 좋은 자리에 아름다운 석탑이 복원되어 서 있지만, 주위의 산만함으로 인해 왠지 생경하고 겉도는 느낌을 준다. 천년의 세월을 버텨오면서 하늘로 열린 소망을 풀어주던 곳이 정돈이 안 된 채 내버려져 있다. 그 위에는 양지꽃들과 애기똥풀의 노란 꽃들이 덮이고 갖가지 제비꽃들이 피어 있으며, 사람들이 버린 휴지와 비닐 조각들, 온갖 쓰레기들이 널려 있다. 그런 폐허 위에 서서 멀리 산 아래 펼쳐진 들과, 변함없이 흐르는 기린내를 내려다보니, 옛 영화란 게 꿈결 같다는 생각이 든다.

수리산에서

천룡사터에서 수리산 곧 고위산을 오르는 길이 무척 가파르다. 길은 여러 갈래가 있다. 절 동편에서 곧장 비탈로 이어진 소로를 오르거나, 고갯마루로 다시 올라가서 능선을 타고 오르는 길이 있다. 능선 길이 등산하기에 훨씬 수월하다. 남산을 굽어보는 전망도 그만이다. 그래서 고위산 등산은 남산 등산 가운데 가장 전망이 좋고 아기자기하다고 일컬어진다.

'수리'는 높은 곳, 곧 정수리를 뜻한다고 말했지만, 실제로 고위산은 남산의 가장 높은 봉우리다. 이 산을 에워싼 골짜기들에는 무려 십여 개에 이르는 절터가 있다. 절터가 집중된 곳이라는 점에서 예부터 이 지역이 신성

시됐음을 추측할 수 있다.

능선을 따라 바위 사이로 난 소로를 타고 오르면서 자주 쉰다. 오르는 길이 가팔라 숨을 몰아쉬면서도 부지런히 주변 경관을 내려다본다. 능선에는 한창 철쭉이 피어 아름답다. 바위산이어서 꽃이 더 돋보인다. 북쪽 편에 파인 거대한 골짜기가 용장골이다. 은적골과 열반골 사이의 능선은 온통 바위가 겹쳐 쌓여 기이한 아름다움의 위용을 드러낸다. 바위 사이에는 철쭉이 흐드러지게 피어 있고, 그 위로는 기묘한 모습으로 뒤틀린 소나무들이 층층이 서 있다. 이 능선을 사이로 한 양편의 골짜기에 특히 많은 절터가 산재해 있다. 등산객들 역시 이 능선을 주로 이용한다. 바위 등을 타는 게 힘들기는 하지만, 전망이 좋고 바위 등산 특유의 재미를 만끽할 수 있기 때문이다.

골짜기 너머에는 금오산 정상에서 남으로 뻗친 능선들이 구불구불하다. 용장사가 있는 능선 위에 석탑이 서 있는 게 보인다. 그 너머 비파골이 아련히 보이고 비파골 삼층석탑의 모습이 아주 희미하게 보인다. 이런 전망은 용장사에서 고위산을 올려다보는 전망과는 느낌이 사뭇 다르다. 용장사에서 올려다보는 고위산은 남성미 넘치는, 거대한 용이 꿈틀대는 것 같은 장쾌한 느낌을 자아내는 데 비해, 고위산에서 보는 금오산 풍경은 널찍하고도 부드러운, 활짝 핀 모란꽃을 보는 안온한 느낌으로 다가온다. 남산은 규모가 작은데도 불구하고 이렇듯 골짜기마다 능선마다 나름의 개성들을 강하게 내보이고 있어서 매력적이다. 경주 인근에서는 연중 내내 남산만 돌아다니는 등산객들이 적지 않다고 하는데 그들은 바로 이 매력에 빠져 있는 족속들이라 할 수 있겠다.

바위와 탑과 소나무가
어우러진 세계

탑　골

화엄 우주를 품은 구석진 곳

동남산의 옥룡암이 있는 골짜기가 탑골이다. 옥룡암 위쪽 언덕에 삼층석탑이 서 있어서 그렇게 불린다. 사천왕사터에서 남산 쪽으로 꺾어 모래내, 곧 남천을 건너자마자 우측 제방으로 해서 조금 내려오다가 왼쪽으로 꺾어 들어간 골짜기다. 옛 남산성이 둘러쌌던 해목령에서 흘러내린 골짜기 물이 옥룡암 앞을 지나 모래내로 흘러들어간다. 골이 꽤 깊고 으슥한 느낌을 주지만, 절터는 의외로 적어서 두 곳 정도에 지나지 않는다.

이 골짜기는 시인 이육사가 한때 요양을 했던 곳이다. 옥룡암에 머물면서 폐병을 고치려 애썼다. 2004년 손병희 안동대 교수가 이육사의 시조 두 수를 발견했다는 보도가 신문에 나기도 했는데, 육사가 옥룡암에 요양 중이던 1942년 8월 4일 충남 서천군 화양면에 있는 신석초에게 보낸 엽서에 쓴 것이다. 그가 옥룡암에 들어온 날은 이보다 한 달 전인 7월이었는데, 그 사이에 신석초에게 편지를 보냈으나 답이 오지 않아 다시 쓴 엽서였다. "前書(앞에 쓴 편지)는 보셨을 듯/하도 답 안 오니 또 적소/웃고 보사요"라는 글 다음에 두 편의 시조를 붙였다. 그 중 한 수는 다음과 같다.

　뵈올가 바란 마음 그 마음 지난 바램
　하로가 열흘같이 기약도 아득해라
　바라다 지친 이 넋을 잠재올가 하노라

그리움과 기다림의 마음이 애잔하게 묻어난다.

육사는 이듬해 1월 신석초에게 베이징으로 갈 것이

라 밝히고, 이내 옥룡암을 떠난 것으로 보인다. 그리고 4월에 베이징으로 떠난다. 그러나 7월에 모친과 맏형의 소상에 참여하러 귀국했다가 피검, 베이징으로 압송되며, 이듬해인 1944년 1월에 베이징 감옥에서 죽는다. 그러니까 옥룡암은 그의 마지막 안식의 장소였던 셈이다. 그는 남산 특유의 정취가 넘치는 솔숲을 걸으면서 새삼 이 골짜기의 독특한 분위기를 음미하기도 했을 것이다.

그보다 먼저 남산에 은거한 이로는 김시습이 꼽히는데, 용장골에 머물렀다. 용장골은 남산의 골짜기 가운데 가장 깊은 골이다. 숨을 데로는 안성맞춤인 곳이다. 거기서 그는 『금오신화』를 썼다. 그에 비해 이육사가 머문 옥룡암은 그리 깊은 골짜기는 아니다. 경주 시가지에서도 아주 가깝다. 그러나 일제 침략기 당시만 해도 이곳은 큰길에서 멀리 떨어지진 않았지만 살짝 골이 휘돌아 안을 감싸드는 후미진 곳이었다. 한곳에 오래 머물지 못하는 이육사가 잠시 몸을 의탁할 곳으로는 꽤 괜찮은 곳이란 생각이 든다.

이 골짜기에는 놀랄 만한 불교의 세계가 깃들어 있다.

옥룡암 바로 위쪽에 높이가 약 9미터, 둘레가 26미터쯤 되는 거대한 바위가 있다. 바위 북서쪽에는 대숲이 우거지고 남쪽으로는 솔숲이 우거졌다. 비탈을 이룬 동쪽 아래로는 개울물이 흐른다. 이 거대한 바위의 사방에 새겨진 것이 우리 불교 미술품 가운데 걸작으로 꼽히는 이른바 탑골 마애불상군이다(경주 남산 탑곡 마애불상군, 보물 제201호).

온갖 불교 관련 조각이 새겨진 이 바위를 마을 사람들은 '부처바위'라 불러 왔다. 남산에서 이 불상군을 보지 않았다면 남산을 보았다고 할 수 없다는 말까지 들을 정도로 유명하다. 남산은 탑과 불상이 즐비한 불국토의 세계라 불리는데, 그런 표현에 가장 걸맞는 곳이 바로 탑골의 사방불이 있는 이 자리란 얘기다. 골짜기의 입구에는 발견된 지 얼마 되지 않는 마애불상군이 있고, 거기서 안쪽으로 더 들어가면 탑골 마애불상군이 있다.

남산의 사방불은 앞서 소개한 칠불암 사방불과 더불어 이 탑골의 마애불상군이 있을 뿐이다. 칠불암 사방불이 정제된 미의식으로 화엄세계의 상징성을 간결하게 잘 드러냈다면, 탑골 마애불은 화엄세계의 화려함과 장엄함을 유감없이 보여주는 다채로운 조각 수법이 현란할 정도로 나타난다. 이 바위에는 동서남북 면에 따라 다양한 불상이 새겨졌지만, 그 외에도 탑들이 새겨지고 비천상이 화려하게 수놓아져 있으며, 나무와 수도하는 승려, 사자 등 35개나 되는 다양한 모습들이 조각되어 있다. 이런 현란한 볼거리는 우리나라에서는 이곳 외에는 달리 찾아볼 수 없을 정도다.

이 바위에 사방불이 조성될 당시에는 아주 복잡한 모양으로 바위를 덮은 지붕이 있었을 것으로 추측된다. 사방에 불상이 조각되어 있으니 이를 각각 다른 방향에서 덮으려면 교묘한 건축 방식이 필요했을 것이다.

이들 조각들은 9세기 때 조성된 것으로 추측되고 있다. 바위 북면의 쌍탑과 회화를 방불케 하는 그림의 구성, 조각 수법의 고졸함 등으로 봐서 그렇게 보는 것이지만, 몽땅 한 시기에 조성된 것이라기보다는 상당한 시일을 두고 하나씩 조성됐다고 보는 것이 옳을 것 같다. 어쨌든 남산의 불교 조각이 새겨지기 시작한 초기부터 이 잘생긴 바위가 점찍혔음에 틀림없을 것이다. 그렇다면 삼국시대 말기나 통일신라시대 초기에 기본적인 조각이 이루어졌을 것이란 추측이 가능해진다.

대승불교의 경전들 가운데는 중앙과 동서남북의 방위를 관장하는 사방불이나 오방불이 묘사되고 있는데, 이런 내용을 근거로 우리나라에도 사방불이 조성된 곳이 적지 않다. 사방불이 나타내는 것은 불국토의 세계다. 곧 화엄세계를 상징적으로 드러내는 것이다. 특히 밀교가 성행하면서 사방불 신앙이 널리 퍼졌다. 우리나라에서 밀교는 명랑법사가 선덕여왕 때 중국을 유학하고 돌아와 신인종(神印宗)이란 종파를 열면서 본격적으로 퍼졌다. 신라는 밀교를 통해 국가를 호위하는 정신적인 귀의처로 삼으려 했다. 대표적인 예로 신라가 당의 침입으로 위기에 처했을 때 밀교의 문두루 비법을 써서 물리친 것이 꼽힌다. 낭산(狼山)의 사천왕사는 그 대표적인 절이다.

탑골의 사방불이 있는 절터에서 '신인사(神印寺)'라 새겨진 기와가 일제 강점기 때 발견되어, 이곳에 있었던 절이 밀교 사찰이었을 것으로 추측되고 있다. 이곳은 모래내를 사이에 두고 사천왕사터와 가깝게 마주 보는 자리다. 사방불에 새겨진 그림들에서도 밀교의 냄새가 짙게 느껴진다. 특히 북쪽 면에 새겨진 목탑은 황룡사 구층탑의 전형이 되는 탑으로 유명한데, 알려졌다시피 황룡사 구층탑은 외적의 침입을 막고자 하는 염원에서 세워진 것이었다.

탑골의 사방불 옆으로 해서 남산성으로 오르는 길이 예전에는 있었다고 한다(남산성은 2011년 '남산신성'으로 명칭이 바뀌었다. 경주 남산신성, 사적 제22호). 이곳의 앞들은 지금은 논으로 덮여 있지만 신라 당시에는 수많은 집들이 들어찬 도시였다. 옛 신라인들은 대도시와 닿은 산길을 타고 남산성 안을 오르내렸는데, 그 길목에 사방불이 있는 밀교 사원이 자리 잡고 있었다는 얘기가 된다. 밀교가 당시 얼마나 성행했는지를 짐작게 해주는 사례가 아닐 수 없다.

사방불 동면의 장엄한 벽화

탑골 마애불상군의 동면은 역동성 넘치면서도 고요한 명상의 기운이 우러나는 극락세계를 그린 한 폭의 거대 벽화다. 바위의 네 면 중 가장 넓은 면이어서 그림도 많을 뿐 아니라 그 내용도 풍부하다.

바위 동면은 비천상이 떠 있는 오른쪽 윗부분과 그 아래 아미타여래 삼존불이 있는 부분, 그리고 왼편의 보리수나무 아래 결가부좌로 명상에 든 나한의 좌선상이 새겨져 있는 부분 등으로 나누어진다. 가장 왼편에는 한 스님이 앉아 있다.

오른편 삼존불의 본존 아미타여래의 모습은 신비롭다. 햇살이 퍼지는 것 같은 머리 뒤의 빛의 묘사가 눈길을 끌며, 가는 눈썹과 다문 입술이 인상적이다. 본존의 왼쪽 보살은 머리에 보관을 쓰고 있다. 우 협시보살은 마멸이 심해 잘 보이지 않는다. 삼존불의 위에는 일곱 구의 비천상이 너울거리며 떠 있다. 휘날리는 옷자락이 너무나 동적으로 느껴져 사실성이 강조된다. 합장을 하거나 꽃을 뿌리며, 공양물을 들고 있는 모습이 가볍고도 황홀하게 느껴진다.

동면의 왼쪽에 대범하게 묘사된 두 그루 보리수나무 아래 명상하는 나한의 모습은 용맹정진의 삼엄한 자세를 흐트리지 않는 긴장감을 느끼게 한다. 삼각형의 구도

탑골 마애불상군 동면의 비천상과 불상들.

로 앉은 모습이 깔끔하게 드러나 진지하게 자아의 내면을 응시하는 치열성을 돋보인다.

동면과 남면의 모퉁이에 따로 서 있는 바위에는 신장상이 새겨져 있다. 오른손에 금강저를 쥐고 있는 금강역사다. 사방불을 수호하는 의지를 드러낸 것이다.

남면의 감실 삼존불

남면은 앞쪽에 바위들이 널려 있어서 바위 위쪽 면이 넓지 않게 드러난다. 남면의 오른쪽 바위에 깊이 10센티미터가량의 감실을 파고 삼존불을 조각한 것이 이 면의 중심 포인트가 된다. 그 왼쪽에는 감실 모양으로 약간 파내고 새긴 작은 좌상이 있는데 마멸이 심해 뚜렷하지 않아 실체를 파악하기 어렵다. 좌상의 앞에는 얼굴 부위가 심하게 마멸된 여래 입상이 서 있다.

감실 삼존불의 표정은 마멸이 심하게 이루어졌는데도 불구하고 밝게 느껴진다. 천진난만한 상이었음을 이로써 짐작한다. 가운데 본존상은 큰 연꽃 위에 앉아 있다. 단정한 자세인 데다 두 무릎이 넓어서 편안해 보인다. 두 협시보살도 앉은 자세다. 모두 연꽃 위에 앉아 여래 쪽으로 기울어져 응석을 부리는 듯하다. 삼존불의 왼편에는 형체가 잘 드러나지 않는 나무가 새겨져 있다. 전체적으로 마멸이 심해 삼존불의 표정을 잘 볼 수는 없지만, 불상이 크지 않은 데다 구도가 단순하면서도 여유가 넘치고 유머러스한 면이 돋보여 천진불의 면모가 잘 드러난다.

이들 불상을 자세히 살피면 놀랍게도 입술과 대좌에 붉은 채색 흔적이 남아 있다. 아마도 감실을 한 데다 바위가 앞으로 기울어 풍우에 덜 노출됐기 때문에 남아 있을 수 있었던 것일 게다. 이를 통해 이들 바위의 그림과 조각들이 원래는 모두 채색이 됐음을 알 수 있다. 지붕을 덮어 불당을 조성하고, 갈라지고 터진 돌 틈을 석회 등으로 메꾼 다음, 불상과 조각상들은 물론 바위 면 전체를 채색으로 덮었을 것이다. 그 모습을 상상하면 이곳이 얼마나 화려했을지 짐작이 된다.

왼편은 바위 상태가 더욱 거칠고 좋지 않다. 여래 입상 뒤 아래쪽에 보이는 얕은 감실 안의 부처는 머리에

탑골 마애불상군의 남면에 있는 여래 입상과 감실 삼존불.

육계가 우뚝하고 얼굴이 둥그스름한데, 몸체는 얼굴에 비해 작다. 그늘이 져서 여래 입상의 뚜렷한 모습 뒤로 몸을 숨기고 있는 느낌을 준다.

이곳 불상들 가운데서 유일한 입체 불상인 여래 입상은 사각의 기단 위에 세워져 있는데, 키가 2.2미터 정도다. 얼굴과 두광은 많이 깨어졌다. 허리는 잘록하나 몸은 풍성하여 여성의 몸이 강조되고 있음을 느낄 수 있다. 왼손을 배 위에 대고 오른손은 무릎 위에 두었는데, 왼손을 배 위에 댄 것이 특이해서 흔히 이 불상을 안산불(安産佛)이라 하기도 한다. 서라벌 여인들은 이 불상의 배를 돌로 문지르며 아이를 갖게 해달라고 빌었다고 한다. 그 자국이 반질반질하게 남아 있다. 바위에 새긴 조각들과 달리 두드러져 보이는 여래 입상은 사방불이 있는 전체 공간을 동적이고 입체적으로 만든다는 점에서 절묘한 배치라는 느낌을 준다.

남면 앞에 누운 큰 바위의 앞쪽 아래에는 명상에 잠겨 있는 스님이 조각돼 있다.

서쪽 면의 여래와 비천

　서쪽 면은 대부분이 흙과 돌무더기에 묻혀서 바위의 면이 좁다. 그래도 작지만 하나의 여래상과 또 하나의 비천상을 새겨 놓았다. 서면의 여래는 한 구에 불과할지라도 그 의미는 각별하다. 만약 이곳에 불상을 한 구라도 새기지 않았다면 사방불의 의미가 없어지기 때문이다. 부처는 양편에 선 나무 아래 핀 연꽃 위에 앉아 있다. 보주(寶珠, 위가 뾰족하고 좌우 양쪽과 위에 불꽃 모양의 장식을 단 구슬)형의 두광을 한 불상은 입을 꼭 다문 채 정면을 응시하고 있다. 부처의 머리 위에는 한 천녀가 옷자락을 너울대며 젓대(대금)를 불고 있다. 서방정토의 환희심을 표현한 것이리라.

높은 탑을 새긴 북쪽 면

　북쪽 면의 바위는 가장 높다랗고 반듯하다. 양쪽에는 거대한 탑이 새겨져 있어서 바위가 더 높아 보인다. 구층탑과 칠층탑이다. 탑의 높이가 다른 것은 바위의 한 면은 높고 다른 면은 그보다 낮아 높이에 맞추려다 보니 그렇게 된 듯하다. 두 탑 사이에는 천개(天蓋)가 드리운 아래에 여래불이 앉아 있다. 두 탑 아래에는 사자가 각각 한 마리씩 마주 보며 달리고 있다. 탑 위에는 비천상인 두 천녀가 날고 있다. 금당이 되는 불상이 있고, 그 좌우에 쌍탑을 안치하고 있는 데서 북쪽 면은 사방불이 상징하는 대가람의 정면임을 추측케 한다.

이 탑들은 석탑이 아니고 목탑의 묘사라는 점에서 흥미롭다. 목탑은 석탑으로 대체되기 이전에 많이 있었는데, 석탑 대체 이후 그 원형을 볼 수 있는 것이 남아 있지 않다. 삼국시대와 통일신라시대에 아주 많았던 목탑들이 다 없어져버린 것이다. 그런 점에서 북쪽 면에 새겨진 이 탑은 목탑의 잔영을 유추할 수 있는 결정적인 자료가 된다. 특히 상륜부의 표현이 노반(露盤, 탑의 꼭대기 층에 있는 네모난 지붕 모양의 장식)에서 보주에 이르기까지 아주 세밀하다. 탑의 각 층에는 풍경이 달려 있다. 탑의 몸체가 되는 옥신에는 창문도 두 개씩 달려 있다. 목탑의 형태를 거친 돌의 면에 이렇듯 자세하게 묘사한 게 놀랍다. 목탑의 자료가 이 이상 더 없다는 점에서 이 탑, 특히 구층탑은 황룡사 구층탑을 복원하는 데 결정적인 자료가 되기도 한다.

탑 사이 연꽃 위에 앉은 부처는 간략한 선으로 묘사됐으면서도 원만함이 잘 표현됐다. 햇살이 퍼지는 듯한 원형의 두광은 이 바위에 새겨진 불상에 공통적으로 나타나는 표현 방식이다. 연꽃 대좌는 아주 가볍게 표현되어 하늘에 떠 있는 것 같다. 불상 위에 새겨진 천개는 탑과 더불어 대단히 의미심장한 자료이다. 신라 당시 절의 법당에 드리워졌던 천개의 묘사가 이곳 외에는 달리 없기 때문이다.

두 탑 아래 사자 조각은 마멸로 인해 자세하게 드러나지는 않는다. 두 마리 사자는 모두 달리는 모습이다. 왼편 사자는 입을 벌리고 있는데 꼬리가 세 가닥으로 갈라져 휘날린다. 오른쪽 사자는 입을 다물고 있는데, 머리 뒤에는 날개 같은 게 표현되어 있다. 두 마리 사자는 암수를 상징, 음양의 조화를 기원하는 뜻에서 새겨 놓았을지도 모른다.

북쪽 면의 앞은 경사가 진 데다 바위 면이 넓어서 바

마애불상군의 서면에는 여래와 비천, 북면에는 구층탑과 오층탑이 새겨져 있다.

위에서 조금 떨어진 곳에서 감상을 해야 한다. 고개를 젖히고 탑을 올려다보면 그 높이가 상상 이상으로 큼을 실감한다. 상륜부 위로 바위 끄트머리에 닿은 파란 하늘이 깊다. 솔바람과 대숲 서걱거리는 소리 속에서 문득 맑은 풍경 소리가 들리는 듯하다. 탑에 조롱조롱 달린 풍경에서 나는 소린가 싶어 바라보니 아래쪽 옥룡암 법당의 추녀 끝에서 나는 소리다. 탑이 있고 불상이 있으며 하늘에는 천녀들이 날고 있는 것을 올려다보노라면 아득한 시간을 거슬러 올라 불현듯 몸과 마음이 어떤 신성한 기운에 휩싸이는 묘한 기분이 된다. 황룡사 구층탑을 올려다보는 아득한 느낌이 그러할까?

소나무와 한 몸이 된 탑

탑골 마애불이 새겨진 바위의 남쪽 바로 앞에는 삼층석탑이 서 있다(경주 남산 탑곡 신인사지 삼층석탑). 남산의 탑들이 그러하듯 간단한 지대석 위에 단층의 기단을 놓고 3층으로 쌓은 탑이다. 높이는 4.5미터. 옥개 받침은 3단이고 추녀 받침은 두툼하지만, 옥개석 낙수면의 경사가 가팔라 멀리서 보면 탑형이 날렵하게 느껴진다. 이 탑은 허물어져 있던 것을 수습하고 모자라는 부분은 새 돌로 다듬어 맞추어 1977년 복원했다. 탑과 사방불 바위 사이에는 큰 바위들이 누워 있고, 서쪽으로는 제법 넓은 터가 있어서 가람터였을 것으로 추정되고 있다.

탑 주변에는 제법 굵은 소나무들이 서 있어서 탑과 바위와 잘 어울리고 있다. 탑의 꼭대기에 드리운 소나무 그림자가 일렁이며 푸른 하늘을 흔드는 것을 올려다보는 느낌이 아주 좋다. 서편의 넓은 터도 소나무숲으로 변했다. 조금 떨어진 곳에서 탑과 마애불상이 새겨진 바위를 본다. 바위의 남쪽 면이 보이는데, 남산의 불상들 특유의 친화력이 느껴진다. 소나무와 탑, 그리고 바위 남쪽 면의 모습이 어우러진 광경을 잘 보기 위해서는 겨울의 이른 아침이거나 여름에는 해가 중천을 지났을 무렵이 좋다. 그 시간이 되면 남면 감실 안의 세 부처에 햇살이 비쳐 들어 입체감이 생겨난다.

그렇다. 이곳 사방의 조각들을 자세히 보기 위해서는

햇살이 바위를 비추는 시간을 잘 맞추어야 한다. 오랜 시간이 지나 풍우에 바위 면의 마멸이 심하게 이루어진 데다 이끼가 두텁게 끼기도 해서 그냥 봐서는 그림이 잘 드러나지 않는다. 탁본을 해보는 것도 한 방법이 되겠지만, 함부로 할 수 없는 일이다. 그러니 햇빛을 이용해서 볼 수밖에 없다. 햇빛이 바위를 비추면 그 각도에 따라 조각의 입체감이 도드라져 잘 보일 뿐만 아니라 조각의 표정이 되살아난다. 때로는 신비한 표정이 떠올라 황홀감을 불러일으키기도 한다. 이 황홀감을 맛보고 사진으로 남기기 위해 하루에도 몇 번씩, 또는 사계절을 두고 계속해서 이곳을 찾는 이들도 있다.

여전히 살아 있는
부처들

부처골, 미륵골

웃는 돌

경주 남산의 숱한 돌부처들 가운데서 가장 인기가 있
는 부처는 어느 부처일까? 생김새나 조각 솜씨 여부를
떠나 누구나 친근하게 찾고 푸근함을 느끼고 위안을 얻
으며 늘 보고 싶어 하는 부처가 있다면 바로 부처골 감
실부처(경주 남산 불곡 마애여래좌상, 보물 제198호)를 꼽
아야 하지 않을까?

부처골은 절골과 탑골 사이에 있는 골짜기다. 옥룡암

이 있는 탑골에서 산모롱이 하나를 돌면 부처골 입구다. 또는 탑골에서 바로 서편의 산등성이를 넘으면 부처골로 내려서는 소로이다. 그러나 감실부처를 찾는 이들은 대부분 남천이 흐르는 강변에서 계곡을 훑는 실개울을 따라 쉬엄쉬엄 부처골로 산책하듯 들어가기 마련이다. 골의 입구에는 절터가 남아 있다. 그러나 훼손이 심해서 축대들이 거의 잘 보이지 않는다. 이 자리에서 남쪽으로 1백 미터쯤 되는 자리에도 절터가 있다. 그러나 밭을 일구어서 절 자리의 흔적은 거의 남아 있지 않다. 옛날에는 남천을 따라 남산을 배경으로 많은 절들이 있었지만, 지금은 거의 흔적들이 없어져버렸다.

소나무가 쭉쭉 뻗은 길을 따라 2백~3백여 미터를 오르다 보면 산죽의 푸른 바람 소리가 서걱거린다. 시누대 숲 속으로 난 길을 밟아 오르면 이내 큰 바위들이 모여 있는 비탈을 만난다. 그 바위들 중 길게 누워 있는 바위 옆에 제법 큰 바위가 서 있다. 감실부처를 안치한 바위다. 바위 안쪽으로 아치 모양의 감실을 파고 앉아 있는 불상을 조각했다. 등신불 규모의 불상이다.

감실 안에 은근하게 들어앉아 있는 모습이어서 안온

한 느낌이 배어 나온다. 다소곳하게 숙인 얼굴은 통통하게 살이 쪄 있는 데다 둥글다. 도무지 모난 구석이 안 보인다. 눈이 부풀어 오른 느낌인데, 심하게 깎인 코 아래로 역시 입술 주위가 부풀어 올라 다문 입술선에서 신비한 미소가 떠오른다. 손은 선정인을 표현하려 했던 것 같은데, 결과적으로는 소매 속에 감추어진 것으로 표현되고 말았다. 옷깃 사이로 앞가슴이 드러나지만, 거의 정사각형으로 각이 진 옷깃을 강조하여 약간 딱딱한 느낌을 준다. 이 점은 얼굴 전체의 둥그스름한 표현과 대조를 이룬다. 몸은 그렇듯 엄격하고 딱딱하게 표현했지만, 넓은 무릎의 곡선과 양 무릎 안의 발바닥이 곡선으로 처리되어 얼굴의 부드러움과 조응하고 있다.

몸을 감싼 옷은 손을 숨긴 소매 위로 출렁이며 굽이쳐 내려 무릎 아래로 쏟아진다. 이 옷의 표현으로 인해 부드러운 얼굴과 발이 이어져, 엄격한 몸체의 자세와 부드러운 얼굴과 발 모양을 융화시키고 있다. 절묘한 표현의 한 양상을 여기서도 보는 듯하다. 윤경렬 선생은 감실부처의 조각 솜씨를 이렇게 예찬했다.

석수장이가 돌을 쪼아 부처를 만드는 것이 아니고 돌 속에 있는 부처님을 찾아 돌을 쪼고 있다는 시인 청마의 노래 구절이 생각난다. 감실 속에 있는 이 여래좌상 역시 토속적인 바위 신앙과 불교 신앙이 합작으로 이루어진 것이다.

— 윤경렬, 『경주 남산』

불상의 얼굴이 풍상에 많이 이지러져서 두루뭉술해진 덕분에 친근감이 더하는 듯하다. 선명하지 않지만, 눈과 뺨, 그리고 입술에 감도는 눈부신 기운, 곧 미소의 기운이 신비하기 짝이 없다. 이 은은한 미소를 두고 옛 신라 불상의 고졸미가 너무나 아름답게 드러난다는 찬사를 받기도 한다. 그런 미소 기운이 감실 안에 가득 차 있어서 감실을 감싸 안은 바위 전체가 부드럽게 느껴진다. 그러면서 소박미가 두드러져 이웃집 할머니 같은 자애로운 모습이 드러나기도 해 경주 지역에서는 이 부처를 '할매 부처'로 불러 왔다. 또는 부끄럼 많은 새댁같이 여린 표정으로 읽히기도 한다. 보는 이에 따라 다양하게 느껴질 정도로 표정이 풍부한 것이다. 차가운 돌을 피가

은은한 미소에서 신라 불상의 고졸미가 느껴지는 부처골의 감실부처.

흐르는 따스한 기운, 곧 생명감이 느껴지게 바꾸어 놓은 장인의 솜씨가 애틋하게 가슴에 와닿는다. 두루뭉술하고 부드러운 기운이 엄격하고 차가우며 딱딱한 모습을 그윽하니 감싸는 것을 은연중에 느낀다.

이 불상은 소매 속에 감추어진 손의 표현과 대좌를 덮은 옷 주름의 표현으로 보아, 6세기 말에서 7세기 초에 만들어진 것으로 추정한다. 신라 지역에서는 가장 이른 시기에 조성된 것이다. 장창골의 애기부처와 배리 삼존불과 더불어 남산의 불상 가운데서는 가장 오래된 불상으로 여겨져 왔다. 그러나 감실을 깊이 파고 불상을 안치한 솜씨가 너무 새로운 형식이어서 삼국통일 이후에 조성된 것으로 추측하는 학자들도 있다.

불상 위에 겹쳐진 선덕여왕

감실부처의 유명세 때문에 여러 신비로운 추측들도 나오는 모양이다.

2004년 10월 14일 열린 경주 신라문화동인회 문화재

해설 행사에서 건국대 김기흥 교수는 "7세기 초반에 만들어진 경주 남산 불곡 석불좌상, 일명 감실부처도 신라의 왕즉불(王卽佛) 사상에 따르면 훗날 선덕여왕이 된 덕만 공주가 모델로 여겨진다"고 했다. "첨성대와 남산 불곡 석불좌상은 여성의 한계를 극복한 선덕여왕과 직결돼 조성됐다"는 것이다. 김기흥 교수는 이에 앞서 첨성대의 경우 "여자로서 많은 한계를 느끼고 있던 선덕여왕이 다음 생에 부처님이나 남자 왕으로 태어나길 염원하며 세운 우주목(宇宙木)이자 현세와 우주를 연결하는 우물"이라 주장하기도 했다. 즉, 첨성대는 우주가 33천으로 구성됐다는 도리천 신앙을 반영한 것이며, 첨성대의 돌단이 기초석과 몸통부, 정자석을 합쳐 31단인 것이 그 증거라고 했다. 고대인의 눈으로 보면 첨성대가 31단에다 하늘과 땅을 합친 33단으로 33층의 우주 구조를 나타낸 것이라는 주장이다. 이 주장대로라면 첨성대는 천문관측대가 아니라 선덕여왕의 꿈과 비원이 담긴 우주우물이며, 감실부처는 선덕여왕을 현세불로 표현한 것이 된다.

선덕여왕이 첨성대를 세운 것은 서기 633년으로 추측

되고 있다. 그 이듬해에는 유명한 분황사를, 다시 한 해 뒤에는 영묘사를 세웠으며, 642년에는 당나라에서 돌아온 자장율사의 건의를 받아들여 황룡사에 구층탑을 세웠다. 불사를 많이 일으킨 것인데, 감실부처도 그 무렵에 조성된 것이 아니겠느냐는 추측이다. 불교를 호국의 이념으로 받아들이고 이를 고양시켜 왕권을 강화하려는 의지를 읽을 수 있다.

감실부처는 지금은 노천에 드러난 상태이지만, 옛날에는 목조 전실이 있었을 것으로 추측한다. 감실이 있는 바위 주변에서 지금도 많은 기와 조각들이 흩어진 걸 볼 수 있고, 가구(架構)의 흔적이 남아 있는 걸로 봐서 그러하다. 바위 앞 동쪽으로 축대를 쌓았던 흔적도 보이고, 작지만 평지들이 여기저기 보인다. 그 터에는 건물이 있었으리라. 불상의 여기저기에 붉은 채색이 남아 있는 것도 인상적이다. 깊숙하게 판 감실 덕분에 비바람을 피할 수 있었기에 그 흔적이 남을 수 있었으리라.

이 골짜기에서 거대 바위는 이곳밖에 없다. 그래서 이 바위는 일찍부터 신성한 장소로 관심을 끌어왔고, 중요한 기도처가 됐을 것이다. 그 바위에 불상을 새겼으니 그 기도가 자연스럽게 부처를 향한 경배로 옮아갔을 것이다. 부처골은 남산성으로 올라가는 길목이어서 이곳에 조성된 절은 많은 이들이 소원을 비는 기도처로 계속 관심을 모았을 것이다.

특히 이 감실부처는 석굴사원의 형태를 띤다는 점에서 대단히 희귀한 존재였으며 그런 만큼 신비한 얘기들도 많았으리라 짐작된다. 불상의 원래 모습은 채색이 된 상태라 장엄함이 두드러졌을 것이고 그 원만하고 후덕한 모습에서 선덕여왕을 떠올렸을지도 모른다. 지금 보면 둥글둥글한 얼굴에서 할머니나 아낙네의 모습을 떠올려볼 수 있지만, 채색된 상태에서는 지금의 표정과 사뭇 달랐을지도 모른다. 코가 떨어져 나가고 입술이 풍우에 닳아서 얼굴의 모양이 많이 이지러졌기에 표정이 의외로 푸근해지고 평안한 모습으로 바뀌었을 것이다. 그런 상태로 사색에 빠져든 불상은 대자대비한 부처의 모습으로 여겨지고 신앙심도 더 잘 느껴지리라. 그 점에서 감실부처에 대한 애착이 남다르고 유난히 애잔한 정서를 느끼는 이들이 많은 모양이다. 다음과 같은 기록만 봐도 그 정서를 느낄 수 있다.

감실부처에 매료된 사람은 나뿐만이 아니다. 어느 일본인 학생은 이 감실부처님을 달밤에 찾아왔다가 너무도 감복하여 그 앞에 텐트를 치고 하룻밤을 자고 갔단다.

— 유홍준, 『나의 문화유산답사기 1』

그 친근하고 푸근한 모습에서 무슨 부탁이든지 다 들어줄 것 같은 든든한 마음도 낼 수 있었으리라. 최근 감실부처를 찾아가는 길에 만난 할머니의 경우만 해도 그렇다. 골 입구에서 만났는데, 여든여섯 살이라 했다. 하도 느릿느릿 걸어서 손을 잡아줄까 하고 물었더니, 괜찮다며 먼저 가란다. 감실부처 바위 근방에서 쉬고 있노라니 한참 뒤에 할머니가 대숲 사이로 나타났다. 그러고는 비탈을 흡사 나무늘보처럼 느릿느릿하게 타고 오르는 것이었다. 그녀는 감실부처 앞에서 오래 절을 했다. 그러고는 그 앞에 누운 바위 위쪽에 만든 제단에도 기듯이 한참을 걸려 겨우 올라가서는 절을 했다. 그 제단은 산신이 머무는 자리라 했다.

"이 부처는 나하고 아주 친해"라고 할머니는 말했다.

다리가 마비되어 걷기가 너무 불편한 지경이었는데, 일심으로 이곳에 들러 기도하여서 지금은 많이 풀렸다고 했다. 기도 덕분에 자식들도 다 제대로 밥을 벌어먹고 살기에 걱정이 없단다. 그래서 아주 영험한 부처라는 것이다. "저 너머 옥룡암하고 이 절하고 절대 안 바꿔"라며 절이라고 부르는 감실 안의 이 부처가 훨씬 영험이 있고 격이 높다고 강조했다. "산신님도 늘 이곳에 내려와 계셔"라고 하기도 했다. 제단에 대고 중얼중얼 산신과 대화를 하기도 했다. 부처와 산신이 여전히 한자리에 공존하는, 예나 지금이나 여전히 많은 신도들이 영험을 믿고 일심으로 찾아와 비는, 살아 있는 신앙의 현장이자 무속과 종교가 공존하는 곳이 바로 감실부처가 있는 자리임을 실감하는 순간이 아닐 수 없다.

이 감실부처 부근에서 오래전에 또 한 여래상이 발견돼 경주박물관으로 옮겨 보관하고 있다. 역시 남산 불상에서는 가장 오래된 불상이다. 이 일대에 있었던 절의 법당에 있던 불상이었을 것이다.

남산 제일의 미소불

　남산의 석불 가운데 마애불이 아닌 입체불로 대좌와 광배 등이 제대로 갖춰진 완전한 형태로 남아 있는 불상은 세 구뿐이다. 삼릉골의 석조약사여래좌상(경주 남산 삼릉곡 석조약사여래좌상)과 용장골의 석조약사여래좌상(남산용장계 석조약사여래좌상), 그리고 미륵골 보리사의 석조여래좌상(경주 남산 미륵곡 석조여래좌상, 보물 제136호)이 그것이다. 이 중 앞의 두 구는 각각 국립중앙박물관과 국립경주박물관에 보관 중이고, 현지에 그대로 남아 있는 것은 보리사의 불상이 유일하다. 이 불상도 벌써 옮겨 갈 뻔했지만, 있는 곳이 절 안이기 때문에 남아 있게 됐다.

　신라 말기에 조성된 것으로 추정되는 이 석조여래좌상은 그 우수성이 두드러진다. 불상은 석굴암 본존불의 형태를 그대로 보여주며, 수인(手印)도 항마촉지인을 하고 있다. 팔각의 복련 위에 팔각의 기둥이 앙련의 대좌를 떠받치고 있다. 그 위에 불상이 앉아 있고 불상 뒤로는 화려하게 조각된 광배가 장엄되어 있다. 대좌와 불상, 광배 어느 것 하나 아름답지 않은 것이 없고, 교묘한 조각 솜씨를 보여준다. 허술한 구석은 한 군데도 없는 완전한 미의 표출이다.

광배는 가장자리에 불꽃 무늬를 새기고 그 안에 마디마디 활짝 핀 연꽃을 새긴 띠를 신체 선을 감싸면서 새겨 놓았다. 그 띠 안에는 일곱 좌의 작은 불상들이 꽃처럼 피어서 아른거리고 있다. 화불들은 모두 감실부처처럼 손을 소매 속에 넣은 채 앉은 자세로 매우 소박하고 간명하게 묘사되어 있지만 하나하나의 표정이 살아 있는 듯 정교하게 느껴지고, 장식성이 두드러져 불상의 장엄에 한몫하고 있다.

불상의 얼굴은 몸체에 비해 커서 언뜻 균형이 잡히지 않은 것처럼 보이지만, 이런 불균형 상태의 강조야말로 불상의 신비를 오히려 더해주는 역할을 한다. 풍부한 정감을 드러낸 얼굴을 크게 강조함으로써 위엄을 더하기도 한다. 또는 대좌 아래 꿇어앉아 기도를 하면서 올려다보면 내려다보는 불상의 얼굴이 오히려 균형이 잡힌 것처럼 착시되어 보이기도 한다. 몸보다 머리가 커서 자칫 불안해지기 쉬운데 이를 보강하기 위해 대좌를 아주

미륵골 보리사의 석조여래좌상. 눈부신 미소는 남산 불상 가운데 으뜸이다.

튼튼하게 조성한 섬세한 배려가 감탄을 자아내게 한다. 옷은 통견의 가사를 걸쳤는데, 옷 주름이 많아서 퍽 사실적이다.

얼굴은 빈틈이 없을 정도로 표정이 가지런하게 정돈되어 있고, 엄숙미가 흐른다. 곡선의 양 눈썹은 약간 끝이 치켜 올라간 상태인데, 그 사이에는 빛을 발하는 백호가 새겨져 있다. 긴 삼각형의 코도 완전한 상태로 보존됐다. 그런 가운데 가는 눈 사이와 입술 사이로 배어나오는 미소가 파문처럼 피어나 표정의 기운을 화안하게 한다. 보일 듯 말 듯한 미소라 하기도 하지만, 눈부신 미소라고 하는 게 더 어울리는 것 같다. 보는 이로 하여금 절로 행복감에 젖어들게 하는 미소다. 이 불상을 두고 남산 불상 가운데 미소불로서는 '짱'이라는 데 선뜻 동의한다.

보리사 석조여래좌상의 특징으로 꼽히는 것으로 광배 뒤편에 또 한 부처를 새겨 놓은 것이다. 구름 위에 연꽃자리를 깔고 앉은 약사여래상이다. 앉은 자세인데, 불상의 높이는 광배 안에 새겨서 그런지 1.27미터 정도로 크지 않다. 약사여래상 뒤로는 신광과 두광 등 광배가 역시 표현되어 있다. 희미하게 비천상의 모습도 보일 듯 말 듯 새겨져 있으나 구분이 잘 안 된다. 하나의 불상 뒤에 이런 조각을 한 경우는 다른 데서는 잘 볼 수 없다. 추측컨대 보리사 석조여래좌상은 법당의 벽 쪽에 붙여 모셔진 것이 아니라 중앙에 모셔져서 뒤에서도 약사불에 경배를 할 수 있을 만큼의 예배 공간이 있었을 것이다. 얼핏 석굴암의 형태가 떠오른다. 석굴암의 주불상 역시 중앙에 위치, 사방에서 돌아가며 예배를 할 수 있게 배치되어 있다. 그렇다면 이 불상을 모신 법당도 석굴 형태의 특이한 구조를 하고 있지 않았을까?

보리사 마애불

미륵골은 옥룡암이 있는 탑골의 바로 남쪽 골이다. 보리사는 미륵골의 중간쯤에 자리하고 있는데, 전망이 아주 좋다. 내려다보면 낭산 아래 사천왕사지가 정면으로 보이고, 그 앞쪽으로 펼쳐진 들판과 들판 속의 망덕사지, 그리고 남천의 물길이 아련하게 펼쳐져 있는 게 눈에 들어온다. 미륵골의 남쪽 비탈을 조금 걸어 오르면 가파른 비탈에 서 있는 높이 2미터 정도의 바위가 나타난다. 그 바위에 또 하나의 마애불이 새겨져 있다(보리사 마애석불, 경상북도 유형문화재 제193호). 보리사 마애불 또는 미륵곡 마애여래좌상이라 불리는데, 이 불상 앞에서 보는 전망은 보리사보다 더 좋다. 낭산을 중심으로 펼쳐진 서라벌의 시가지가 한눈에 들어온다(낭산 아래 사천왕사지 앞 들은 옛 서라벌의 시가지였다). 아주 좋은 곳에 자리를 잡은 셈이다. 신라 당시 이 들판에는 17만 호가 넘는 거대 시가지가 형성되어 있었다고 한다. 그 시가지가 온전히 내려다보이는 곳이라는 점에서 이 불상은 신라인들의 특별한 애호를 받았을 것으로 짐작된다.

불상은 크지 않다. 감실을 상징적으로 드러내기 위해 또는 광배 형태로 바위를 얕게 파내고, 그 안에 간략하게 연꽃을 묘사하고 그 위에 단정한 자세로 부처를 앉혀 놓았다. 높은 돋을새김으로 인해 몸의 묘사가 풍만하게 느껴진다. 마모가 심해 표정이 뚜렷이 드러나진 않지만, 가는 눈 언저리와 입술에 감도는 은은한 미소가 소박하

보리사 마애불. 불상 앞에 서면 서라벌 시가지가 한눈에 들어온다.

게 마음에 와닿는다. 손은 옷자락 속에 들어가 있는데, 이는 부처골의 감실부처와 같은 맥락이지만, 팔을 덮은 옷자락의 묘사가 달라 차이가 난다. 이런 묘사로 봐서 이 마애불도 7세기 때 만든 것으로 추측된다. 남산의 불상으로서는 꽤 오래된 불상이다.

보리사 마애불이 서 있는 곳은 가팔라서 하늘에 떠 있는 느낌을 줄 만큼 아슬아슬하다. 참배객들이 오래 머물 곳으로는 적당하지 못하다. 궁색한 자세로 겨우 경배한 다음 불상을 등지고 가파른 산길에 잠시 서서 산 아래 펼쳐진 들판을 내려다보다가 이내 내려올 수밖에 없다.

대립과 조화의
쌍탑

쥐와 까마귀와 돼지

서남산에 비해 동남산 기슭은 아기자기한 골짜기들
이 많다. 골짜기가 깊으면 그 산자락에는 오래된 마을도
옹기종기 모여 있기 마련이다. 그중 동남산 기슭의 남산
마을이 있는 지역은 남산 기슭의 중심이 되는 곳으로 여
겨져온 듯하다. 산 이름을 그대로 따온 남산리라는 지명
을 오랫동안 써온 것만 해도 그렇다. 이 일대에는 신라
적부터 많은 사찰들이 밀집해 있어서 사람들의 왕래가

빈번했을 것이다. 또한 신라 때부터 중요한 통로로 이용됐던, 언양을 가기 위해 남산을 넘어가는 고개로 오르는 길목이어서 더욱 왕래가 많았을 것이다.

남산리의 북편은 통일전이다. 통일전 입구에는 큰 주차장이 잘 닦여 있어서 휴일에는 늘 사람들이 북적댄다. 그 주차장 바로 남쪽에 서출지(書出池)라 전해 오는 연못이 있다. 못은 크지 않은데, 연이 가득 심겨 있다. 말라비비 틀린 대궁들이 수면 위로 무성하게 솟아 있다. 못의 서편에는 이요당이라는 작은 정자가 서 있다. 1664년 임적(任勣)이 세운 것이라 한다. 서출지는 크지는 않으나 남산 자락이 이 못물에 그림자를 드리우는 풍경이 볼 만하다. 이 못은 사적 138호로 지정되어 있기도 하다.

서출지는 『삼국유사』의 '사금갑(射琴匣, 거문고의 갑을 쏘다) 설화'의 현장으로 유명한 못이다. 예부터 전해 오는 정월 보름 찰밥 먹는 풍습의 유래를 밝힌 설화다. 내용은 다음과 같다.

제21대 비처왕(혹은 소지왕이라고도 쓴다) 즉위 10년 무진(488)에 왕이 천천정(天泉亭)에 행차했다. 이

때 까마귀와 쥐가 와서 울더니 쥐가 사람처럼 말을 했다.

"이 까마귀가 가는 곳을 살피시오."

(혹은 말하기를 신덕왕이 흥륜사에 행향(行香)하려 할 때, 길에서 여러 쥐들이 꼬리를 물고 있음을 보고 괴상히 여겨 돌아와서 점을 치니, 이튿날 먼저 우는 까마귀를 찾으라 했단다. 이 설은 잘못이다.)

왕이 기사에게 명령하여 뒤쫓게 했다. 기사가 남쪽으로 피촌(避村, 지금의 양피사촌이니 남산의 동쪽 기슭에 있다)에 이르러, 두 돼지가 싸우는 것을 한참동안 보고 있다가, 문득 까마귀의 간 곳을 잃어버리고 길가에서 헤매고 있었다.

이때 한 노인이 언못에서 나와 글을 올리니 겉봉에는 이렇게 쓰여 있었다.

"이를 떼어 보면 두 사람이 죽을 것이고, 떼어 보지 않으면 한 사람이 죽을 것이다."

기사가 돌아와서 왕에게 드리니 왕은 말했다.

"두 사람이 죽는 것보다는 떼어 보지 않고 한 사람이 죽는 것이 낫겠다."

일관(日官)이 아뢰었다.

"두 사람이란 서민이요, 한 사람이란 왕입니다."

왕이 그렇게 여겨 떼어 보니 그 글에 "금갑을 쏘라"고 했다. 왕은 곧 궁에 들어가서 거문고갑을 쏘니, 거기에는 내전분수승(內殿焚修僧, 내전에서 분향수도하던 중)이 궁주(宮主, 비빈인 듯)와 몰래 간통하고 있었다. 두 사람은 사형을 당했다.

이로부터 나라 풍속에 해마다 정월 상해일(上亥日, 첫 돼지날), 상자일(上子日, 첫 쥐날), 상오일(上午日, 첫 말날)에는 모든 일을 조심하고, 정월 보름을 오기일(烏忌日, 까마귀의 기일)이라 하여 찰밥으로 제사 지냈는데, 지금까지도 이를 행하고 있다. 이를 달도(怛忉)라 하니, 슬퍼하고 근심해서 모든 일을 꺼려 금한다는 말이다. 글을 올린 노인이 나왔던 연못은 이름하여 서출지라 한다.

상당히 복잡한 얘기다. 내용의 전개도 그렇고, 등장인물도 많다. 인물들과 동물들마다 독특한 개성이 돋보이고, 상징성도 풍부하게 느껴진다.

『삼국유사』의 사금갑 설화가 전해 오는 서출지. 못 서편에 이요당이 서 있다.

이 설화는 민속학뿐만 아니라 불교사적으로도 매우 중요한 의미를 지닌다. 보름 찰밥으로 까마귀를 공양하는 우리 풍습의 유래를 밝히고 있는 것이지만, 이 이야기를 통해 신라에 불교가 공인된 23대 법흥왕보다 훨씬 이전부터 불교가 광범위하게 유포되어 있었을 것으로 유추할 수 있다.

신라에 불교가 들어온 것은 아도가 고구려로부터 잠입하여 포교를 시작한 눌지왕 때로 보통 잡는다. 이 이야기의 중심이 되는 소지왕 때는 그로부터 50년이 지난 뒤이다. 그동안 신라 사회에는 불교가 상당히 넓게 전파되어서 공공연히 불교를 믿는 이들이 많았다. 귀족들 역시 불교에 관심이 꽤 있었던 것으로 짐작된다. 분수승이란 말 그대로 부처 앞에서 향을 사르며 복을 짓는 승려인데, 특히 왕실의 신앙을 관장하던 승려를 말한다. 그런 승려를 둔 불당을 궁성 내에 갖고 있을 정도라면 일반에는 더욱 널리 퍼져 있었을 것이다. 이 설화는 그런 사정을 넌지시 보여준다.

예언서(편지)를 받고 점을 치고 일관의 의견을 듣는 일련의 행위들도 의미심장하다. 이는 고대사회의 제의적 풍습의 양태를 상징적으로 보여주는 것이 아닐까? 예언을 하고 이를 해석하고 임금에게 견해를 밝히기도 하는 등장인물들은 신라 사회에서 당시까지도 여전히 중요한 제의적인 기능을 맡고 있는, 신라 사회를 오랫동안 지탱해 온 샤머니즘적 시스템의 일원임을 상징하는 것이 아닐까. 이들이 속한 재래 신앙의 제의적 시스템의 입장에서 본다면 불교란 대단히 못마땅하고 기존의 체제를 위협하는 위험한 종교였을 것이다. 그런 만큼 기존의 샤머니즘 체계는 공공연히 불교를 비방하고 배척하기 일쑤였을 것이다. 이 설화는 기존 샤머니즘 체계에 속한 기득권 세력들의 간계로 승려가 모함을 받아 죽게 되는 듯한 분위기를 다분히 풍긴다. 즉 기존 샤머니즘 체계와의 마찰로 신흥 종교인 불교가 핍박을 받고 탄압을 받은 것을 상징하는 셈이 된다.

불교가 신라에 뿌리를 내리려는 노력은 오랫동안 고통스럽게 이루어졌다. 아도가 신라에 잠입하여 일시 서라벌에 진출했으나 좌절하고, 생명의 위협을 느껴 다시 선산군 도개 방면, 곧 당시 신라와 고구려의 국경 지대에 피신한 것도 불교 수용의 의지와 이를 물리치려는 기존 체제 간의 반발이 간단없이 계속됐음을 짐작하게 해준다. 불교를 정식 종교로 공인한 법흥왕 때에도 이에 반발한 무리들이 많았으며, 불교 공인의 결정적인 역할을 한 이차돈이 처형되는 일까지 벌어졌다.

신라 사회에 불교가 공인되기까지 겪었을 이런 비극들이 서라벌에서 지척인 남산에서도 없을 리 없었으리라. 특히 남산은 예부터 민간 신앙의 기도처로 서라벌 사람들의 발길이 잦았던 곳이니만큼 새로운 종교와 재래 종교의 혼용이 자연스럽게 이루어진 지역이기도 했을 것이다. 경주 남산 자락에서 벌어진 이런 비극을 일연이 은연중 드러낸 것은, 그런 혹독한 탄압을 이겨내고 결국 남산을 위대한 불교 성지로 우뚝 세운 것을 역으로 강조하려 했기 때문일까? 그러나 이 설화가 보름 찰밥의 유래를 밝히는 것이 무엇보다 우선이어서, 앞의 엄청난 사건의 의미가 가볍게 처리되고 약간 애매하게 포장되어버린 느낌이 든다.

사금갑 설화에는 까마귀와 쥐, 돼지가 등장하여 교묘하게 왕에게 예언서를 전달하는 과정에 일익을 맡고 있다. 까마귀와 쥐, 돼지는 샤머니즘적 세계의 소통을 담당하는 정령과 같은 존재들일까?

까마귀는 예부터 신령스러운 새로 앞일을 예언하는 능력이 있다고 여겨졌다. 『삼국유사』의 태양신화로 꼽히는 '연오랑 세오녀 설화'에 나오는 연오랑과 세오녀의 이름에 모두 까마귀 오(烏) 자를 쓰는 걸로 봐서 태양을 상징하는 동물이기도 함을 알 수 있다. 또한 쥐는 밤의 세계를 소통하는 존재이며, 세상의 구석구석을 살피면서 지하세계로 이끄는 능력이 뛰어나 예부터 신령스러운 동물로 여겨졌다. 돼지 역시 제사에 반드시 올라갈 정도로 성물로 간주되었다. 이들은 샤머니즘을 주제하는 샤먼들의 보조령(補助靈) 역할을 한 것으로도 보인다(신종원, 「신라 궁중의 첫 순교자 — 사금갑조」, 『삼국유사 새로 읽기 1』, 일지사, 2004). 그러므로 이 설화는 이 당시만 해도 샤머니즘이 여전히 신라 사회를 지배하고 있음을 보여주는 예이기도 하다.

남산 기슭에 이런 설화가 간직되어 있다는 것은 의미심장하다. 앞서 언급했듯, 신라 최고의 불교 성지인 남산 기슭에서도 불교 전파 초기에는 피비린내 나는 순교가 있었음을 이로써 짐작한다. 대도시 서라벌과 가까운 남산은 골짜기가 많아 승려들이 숨어서 포교하기가 좋았을 것이다. 아울러 남산이 예부터 샤머니즘의 중심지로서도 중요한 곳이었음을 이 설화를 통해 유추해볼 수 있다. 불교 공인 후 남산을 불국토로 조성하려는 서라벌 사람들의 의지가 엄청나게 많은 절을 짓고 불상을 조성하는 것으로 나타나면서도 여전히 재래적인 샤머니즘의 세계와 공존했음을 설화는 짐작게 해준다.

서출지와 양기못의 미스터리

사금갑 설화의 현장인 서출지의 위치도 논란거리다. 서출지가 기실은 현재 알려진 못이 아니라 이 못에서 남쪽으로 5백여 미터 떨어진 곳에 지금도 있는 양기못(양피저수지, 양피지)이라는 설이 제기되어 왔다. 그러나 이에 대한 학계의 규명은 제대로 되지 않고 있다.

현지 주민들에 의하면 이 일대 남산리는 예부터 풍천 임씨의 취락지였다. 현재의 서출지가 있는 마을은 큰집, 양기못이 있는 마을은 작은집의 자손들이 살고 있다는 것이다. 그런데 일제 당시 문화재를 등록할 때 원래의 서출지인 양기못이 너무 초라하여 현 이요당이 있는 못을 서출지로 잘못 등록해버렸다는 것이다.

『경주시지』(1971년 발간)에도 그에 대한 언급이 있다. 즉 "이 서출지는 지금 남산록(南山麓) 이요당 전의 연못에 의정(擬定)되고 있으나, 구비(口碑)에 의하면 거기서 남쪽 1백 미터 되는 곳에 있는 양기못이 그것이라 한다. 양기는 양피(揚避)의 음전이 아닌가 한다. 그렇다면 거기가 바로 피촌이다"라고 되어 있다.

— 이하석, 『삼국유사의 현장기행』(문예산책, 1995)

1982년 내가 『삼국유사』의 현장을 찾아 경주 지역 등을 취재할 때 들은 이야기를 모은 책에 실린 내용이다. 현지 주민들의 증언에서 서출지 지정이 잘못됐음이 어렴풋이 드러나지만, 『삼국유사』의 기록들을 살펴봐도 애매하기는 마찬가지다.

© 정용태

© 정용태

원래의 서출지라고 이야기되는 양기못.

사금갑 설화를 자세히 뜯어보면 서출지는 피촌에 있었음을 알 수 있다. 피촌에 관한 얘기는 『삼국유사』에 또 있다. 피은편의 염불사 이야기가 그것이다.

남산 동쪽 산기슭에 피리촌(避里村)이 있었다. 그 마을에 절이 있었는데, 마을로 인하여 절 이름도 피리사(避里寺)라 했다. 그 절에 이상한 중이 있었는데, 자기의 이름은 말하지 않았다. 늘 아미타불을 염송하여 그 소리가 성 안에까지 들려서 360방(坊) 17만 호에서 그 소리를 듣지 않은 이가 없었다. 소리는 높고 낮음이 없이 낭랑하여 한결같았다. 이로써 그를 이상히 여겨 공경하지 않는 이가 없었으며, 모두 그를 염불사(念佛師)라 불렀다. 죽은 후에는 모습을 소상(塑像)으로 만들어 민장사 안에 모시고 그가 본디 살던 피리사의 이름을 염불사로 고쳤다. 그 절 옆에 또 절이 있는데 절 이름은 양피사(壤避寺)라 했으니, 마을에 따라 얻은 이름이다.

서출지가 피촌 곧 양피사촌(壤避寺村)에 있었고, 양피

사 옆에는 염불사가 있었다는 얘기가 된다. 서출지가 피촌에 있었다는 점에서 현재 못보다는 양기못(옛 기록에는 양피제(揚避提)로 적혀 있다)이 서출지로 더 적합할 것 같지만, 두 못의 거리가 5백여 미터밖에 안 되기 때문에 사실을 가리기가 퍽 어려울 것이다. 그렇다면 구전되어 온 얘기에 신빙성이 있음을 인정할 수밖에 없는데, 1982년 취재 당시 주민들의 의견은 원래 서출지는 양기못이었다는 것이 지배적이었다. 한번 정해진 유적지는 바꾸기 어렵다. 서출지의 바른 위치를 찾는 것은 힘들겠지만, 이를 가려내어 논란을 잠재우는 것도 당연히 필요한 일이다.

양피사지 쌍탑

양피사지에는 탑 두 기만이 달랑 남아 있을 뿐이다(경주 남산동 동·서 삼층석탑, 보물 제124호). 양피사지에서 남쪽으로 더 가면 염불사지로 전해 오는 절터가 나오는데, 거기에도 한 쌍의 탑지가 남아 있다. 이들 절뿐만 아니라 남산마을 주변에는 절터가 꽤 남아 있는 게 확인된다. 남산마을로 흐르는 국사골 계곡 상류에는 절터가 많고, 탑 자리와 석조 유물들이 꽤 남아 있어서 옛날에는 이 일대가 온통 절들로 가득 차 있었을 것으로 추측된다.

20여 미터의 간격을 두고 동과 서에 서 있는 양피사지 쌍탑은 소박하면서도 균형이 잘 잡힌 아름다운 자태를 보여준다.

동탑은 단층의 기단 위에 3층을 얹었는데, 전탑을 모방한 모전석탑으로 보인다. 분황사탑을 모방한 듯한데, 전체적으로 곡선이 없고 직선으로만 구성되어 있어서 단순하고 엄격하면서도 장중한 느낌을 준다. 첫 옥신부터 장중함을 드러내기 위한 배려를 한 듯하다. 세 단의 높은 고임돌 위에 옥신을 얹은 게 그러하다. 옥개 받침은 5단으로 되어 있는데 추녀가 직선으로 뻗어 있다.

서탑은 전탑을 모방한 동탑과 달리 목조탑을 모방한 듯한 석탑이다. 아래서부터 옥신이 일정한 비례로 줄어들어 탑 모양을 대단히 아름답게 보이게 한다. 제일 아래쪽 옥신 길이의 3분의 2로 2층 옥신을 만들고, 2층 옥

양피사지 쌍탑. 서탑의 기단부에 팔부신중이 조각되어 있다.

신의 반 길이로 3층의 옥신을 만들어서, 전체적으로 떠오르는 기분을 내면서 비례가 격에 맞는 느낌을 강하게 주고 균형감을 느끼게 한다. 그 느낌을 더하는 게 추녀 끝의 처리다. 추녀 끝을 살짝 들리게 하여 맵시 있는 모습을 보이면서 탑 전체의 상승감을 돋보이게 한다.

서탑의 하층 기단 면석에는 십이지신상을, 상층 기단 면석에는 팔부신중을 조각해 놓아 탑 전체가 화려하게 보인다.

양피사지의 동탑과 서탑은 형식을 달리하는 쌍탑이 동서로 대립한 특이한 양식을 보여준다. 어떤 수식과 장식도 없이 직선만으로 구성된 엄격하면서도 장중한 동탑에 비해 서탑은 기단의 화려한 장식과 추녀 끝이 들린 곡선의 맛을 최대한 살려 날렵하면서도 가볍게 상승하는 듯한 느낌을 자아내는 부드럽고 화려한 탑이다. 불국사 석가탑과 다보탑의 대비와는 또 다른, 상반되는 모습의 대비를 통해 그 변화의 미를 드러낸 것은 고도의 미의식의 발로라 할 만하지 않은가.

염불사지의 쌍탑 조각들

양피사지 쌍탑 바로 앞에 양기못이 있다. 며칠 전 큰
눈이 와서 못 물가는 아직도 눈으로 덮여 희끗희끗하다.
못둑은 최근 보수를 한 듯하다.

못의 서쪽을 돌아 남산리 마을을 빠져나가자마자 산
자락이 끝나는 지점의 논둑머리에 펼쳐진 폐탑지가 눈
에 들어온다. 염불사지로 전해지는 절터다. 1980년대에
이곳을 들렀을 때에는 허물어진 석탑의 조각들이 탑지
위에 흙에 반쯤 묻힌 채 버려져 있었는데, 이 절터가 발
굴이 되면서 탑재들을 따로 모아 놓았다. 동탑과 서탑의
형태가 남아 있는데, 동탑은 오래전에 수습이 되어 불국
사역 앞 로터리 안에 복원해 놓은 상태다. 그러니까 이
곳에 남아 있는 석재들은 서탑의 석재들인 셈이다.

국립경주문화재연구소에서 이곳을 발굴했는데, 탑의
하부를 이루는 기초공사가 매우 독특하게 이루어졌던
흔적이 드러났다고 한다. 또한 중문을 들어서면 동쪽과
서쪽에 탑이 서 있었는데, 중문 양쪽에서 시작해 탑들과
금당을 둘러쌌던 회랑의 흔적이 나타나 절의 규모를 짐

작하게 해주기도 했다. 그러나 지금은 다시 흙으로 덮어버린 채 발굴 전 상태로 되돌려 놓았기 때문에 그것을 육안으로 확인해볼 수는 없다.

절터에 서면 늘 감회가 새롭다. 엄청난 시간의 흐름이 절터 위를 밀물과 썰물처럼 핥고 지나갔음을 느끼고는 만감에 젖기 마련이다. 절터는 빈터로서의 공허감이 가득하지만, 곧잘 상상과 추억을 불러일으킨다는 점에서 어느 곳보다 화려한 느낌을 주기도 한다. 전성기 때의 절을 생각하고, 폐허가 된 지금의 모습을 대비하는 무상감으로 비감해지기도 하는 곳이다. 경주에는 그런 절터가 많이 있다.

이곳 절터의 폐탑지는 지상에서 약간 도드라진 상태로 정비가 안 된 채 남아 있다. 동탑과 서탑을 오가면서 무상한 세월의 뒤안에서 다시 마주 보며 솟구쳐 오르는 쌍탑을 상상해보기도 한다.

경주시는 세계문화유산으로 등록되어 있는 경주 남산을 찾는 관광객들이 갈수록 늘어남에 따라 탐방로 및 이정표를 대대적으로 정비하고, 폐탑과 불상의 복원을 계속하고 있다. 이에 따른 발굴 조사도 이루어지고 있

염불사지 쌍탑. 2009년 봄에 동탑이 돌아왔고, 서탑도 복원됐다.

다. 염불사지의 발굴도 그런 차원에서 이루어진 것일 게
다. 동탑은 이미 복원이 됐으나 다른 곳으로 옮겨 가 있
는 만큼 언젠가는 이곳으로 되돌아와야 할 것이다. 서탑
은 현재 남아 있는 탑재로 복원이 가능할지 의문이다.
남아 있는 석재들에다 모자라는 부분을 보완한다면 가
능할 수도 있을 것이다. (2009년 봄에 염불사지의 동탑이
돌아왔고, 현재 서탑도 수습되어 삼층탑으로 복원되었다.)

진달래로 장엄한
골짜기

국 사 골

국사골의 봄길

국사골에서 봄꽃의 경치를 만끽한다.

국사골은 동남산의 중간 지점인 서출지 남쪽 바로 곁에 있는 남산리 마을 복판을 흐르는 개울을 따라 오르는, 철와골과 지암골 사이의 제법 깊은 골짜기다. 이 골짜기 상류는 유명한 남산부석으로 이어져 남산의 등뼈에 해당하는 남산순환도로로 오르게 된다.

남산의 어느 골짜기인들 봄의 정취가 아름답지 않은

데가 있을까마는, 국사골을 오르는 산길은 진달래와 바위가 어우러져 특이한 아름다움의 광경을 보여준다. 거무스레하고 희끄무레한 빛깔의 기이한 바위들이 이 골 상류 쪽에 집중적으로 분포되어 있어서 그것만으로도 대단한 경치를 이룬다. 신라의 여덟 가지 기이한 것(신라 팔괴) 가운데 하나로 꼽히는 우람한 남산부석이 바위 위에 떠 있는 듯 자리한 데다, 그 북쪽으로 상사바위와 고깔바위가 우람하게 버티고 있다. 이들 바위들은 주위에 거대 바위군을 형성하고 있는 데다 가파른 비탈을 이루는 지대를 많이 거느린다.

또한 바위 아래로 골이 깊어 그늘진 곳을 좋아하는 진달래들이 서식하기 아주 좋은 조건을 갖추고 있다. 국사골 골짜기 물길을 따라 오르다가 언뜻 부석으로 오르는 능선으로 올라서면 진달래들이 군데군데 꽤 군락을 이루고 있다. 바위들로 이루어진 척박한 곳이라 집중적으로 피진 않고, 바위에 붙어서 또는 산길 양쪽으로 줄줄이 피어 있어서 바람과 햇빛에 흔들리는 모습이 너무 곱다. 바위와 진달래의 어울림이 절묘해서 이 등성이의 진달래를 특히 분홍빛 바위꽃이라 부르고 싶을 정도다.

이 골짜기 위에 있는 유명한 상사바위[相思岩]에는 진달래에 얽힌 애절한 사랑 얘기가 전해 오는데, 이런 꽃 이야기가 전해 오는 것으로 봐서도 예부터 이곳의 진달래가 유명했음을 짐작할 수 있다. 전설의 내용은 다음과 같다.

이 골짜기 아랫마을에 한 노인이 피붙이 하나 없이 혼자 외롭게 살고 있었다. 동네 꼬마들이 노인의 친구인 셈이었는데, 그중에 아주 예쁜 소녀가 있었다. 이름이 진달래였다. 진달래도 노인을 무척 따랐다. 세월은 골짜기물처럼 빠르게 흘러 노인의 나이가 여든이 되고 진달래도 자라 처녀가 됐다. 그래도 여전히 진달래는 할아버지를 따르고 맛난 음식과 과일을 집에서 몰래 가져다주는 등 지극하게 모셨다.

그러나 어느 날 진달래의 집이 이사를 가는 바람에 두 사람은 헤어져야 했다. 이때부터 노인은 자나 깨나 진달래 생각뿐이었다. 그 애절한 마음이 바로 연정임을 알고는 스스로도 깜짝 놀랐다. 나이로 봐서도 도저히 이루어질 수 없는 사랑의 병이었다. 노인은 진달래에 대한 그리움에 지쳐 결국 나무에 목을 매 죽었다. 죽어서는 큰 바위가 되어 진달래가 있는 마을을 바라보며 섰다.

이후 진달래는 밤마다 큰 뱀이 몸을 칭칭 감는 악몽에 시달렸다. 할아버지가 뱀이 되어 진달래를 안는다는 소문이 온 서라벌에 퍼졌다. 어느 날 밤, 그 뱀은 노인으로 변해 진달래에 대한 사랑의 감정이 지극하여 결국 죽어서 진달래를 그리워하는 돌이 됐음을 알려주었다. 진달래는 그 바위에 올라섰다. "나이 때문에 이 세상에서 맺어질 수 없다면, 죽어 바위가 되어 함께 살겠다"며 진달래는 바위에서 뛰어내렸다. 진달래는 죽어 역시 바위가 되어 노인의 바위 곁에 나란히 섰다.

가슴 아픈 이야기다. 상사바위의 허리에는 붉은 반점이 있는데, 그때 떨어져 죽은 진달래 소녀의 핏자국이라 한다. 이 애절한 사랑 얘기는 수로 부인과 관계된 향가 「헌화가」의 설화를 생각나게 한다. 사람들을 압도하는 큰 바위라서 으레 그런 설화 하나쯤은 가졌음 직하지만, 그것이 진달래와 관계되는 것은 봄의 진달래가 바위 틈마다 피어 흔들리는 것이 너무나 아름답고 그 광경이 유명했기 때문이었을 것이다. 이 골짜기에는 대여섯 군데의 절터가 남아 있는 걸로 보아, 신라시대에는 많은 이들이 오갔을 것이고, 봄이면 진달래꽃 구경으로 산길이 메워졌을 것이다.

골을 타고 내리는 물소리가 제법 크다. 그 물소리를 거슬러 소나무와 잡목들로 덮인 호젓하고 좁은 오솔길을 오른다. 길은 여러 갈래로 나 있다. 남산은 이미 수많은 이들이 밟고 다녀서 어느 골짜기든 거미줄같이 산길이 나 있다. 이 골짜기의 산길들도 수시로 가지를 쳐서 뻗어 나가 자칫 길을 모르면 옆길로 빠지기 쉽다.

골의 상류 쪽에는 절터가 몇 개 있어서 그리로 가는 것도 볼 만하지만, 진달래꽃을 만끽하려면 중간쯤에서 부석 능선으로 올라서는 것이 좋다. 능선으로 오르는 산길은 나무뿌리들이 얼기설기 얽힌 채 드러나 있는, 아주 정취 있는 소로다. 양편에 크고 작은 바위들이 많아서 길을 더욱 아기자기하게 만든다. 능선 위에 서면 거대한 바위등성이를 이루고 있는데, 바위들은 진달래꽃들로 싸여 있어서 현란하기 그지없다. 서쪽으로는 거대한 부석이 공중에 떠 있는 듯한 모습이 눈에 들어온다.

남산부석, 살아 있는 바위 신앙

부석 능선을 따라 바위 사이로 오밀조밀 나 있는 좁은 길을 조심해서 걸으면 오른편에 뜬 거대한 부석의 모습이 계속 눈길을 사로잡는다. 가까이 다가갈수록 그 웅장함이 압도적으로 느껴진다. 신라인들이 남산에서 가장 기이한 것으로 여겼다는 걸 실감한다.

남산은 바위가 특히 많은 산이다. 따라서 바위 신앙이 예부터 집중적으로 이루어졌다. 남산이 서라벌 사람들에 의해 불국토로 조성된 것도 바위 신앙이 자연스럽게 불교의 마애불 신앙으로 이어지고, 그것이 모여서 거대한 불적군을 형성하였기 때문일 것이다. 그런 점에서 남산부석은 남산 바위 신앙의 대표격 위상을 갖는 셈이다. 그리고 그 신앙은 지금도 여전히 이어져 내려오고 있다.

부석 능선을 따라가다가 부석이 있는 봉우리로 건너기 직전, 국사골의 최상류가 되는 오목한 골짜기로 내려가는 소로가 능선길에서 갈라져 내려간다. 한 30여 미터쯤 내려가면 골의 끝단이라 할 수 있는 우묵한 공간이 나타난다. 바로 아래쪽 굴바위 절터에서 올라오는 골짜기의 끝이다. 사방이 큰 바위들로 둘러싸여 있는 데다 우묵하니 파인 곳이어서 아주 비밀스러운 느낌을 준다. 바위들이 중첩해 있는 가운데 근래에 새긴 듯한 마애불 아래 불단이 조성되어 있고, 그 아래로 축대를 쌓아 십여 명이 참배를 할 수 있는 제법 평평한 터를 조성한 것이 여기저기 펼쳐져 있다. 이곳이 부석이 있는 바위의 절벽 바로 아래다. 예부터 여기서 부석을 올려다보며 기도를 했을 것이라 짐작된다. 지금도 기도 흔적들이 여기저기 나 있다. 과일을 깎아 마애불 앞에 진설해 놓았고, 바위 곳곳 홈이 진 데에는 촛불을 밝혔던 자국들이 많이 남아 있다.

이곳 바위에 새긴 불상은 조각 솜씨가 조잡하지만, 무속적인 분위기가 짙게 풍긴다. 이곳 외에도 이 골짜기 남쪽 바로 곁 지바위골(지암골)에 최근 만든 듯한 마애불이 있다. 부석 바로 옆 탁자바위에서 동쪽으로 내려가면 큰 지바위가 있는데, 바위의 아래쪽에 160센티미터가량의 좌상이 새겨져 있다. 이들 마애불들은 남산이 국립공원으로 정해지기 직전에 새겨진 듯하다. 부석과 지바위

등 큰 바위 신앙의 연장선상에서 이들 바위 아래에 불상들이 은밀하게 조성된 것이다. 이들 마애불의 조성은 남산의 불교 신앙이 신라라는 특정한 시기에만 국한해서 이루어진 것이 아니라 지금까지 꾸준히 이어지고 있음을 보여준다. 남산의 기도처가 여전히 살아서 퍼덕이고 있음을 이를 통해 실감한다.

다시 능선 위로 올라가서 등성이 하나를 넘으면 거대한 부석 바위에 닿는다. 밑에 직사각형의 바위가 있고, 그 위에 둥그스름한 큰 바위가 아슬아슬하게 얹혀 있다. 받침대 역할을 하는 바위 위에 작은 돌들이 있고 그 위에 엄청나게 큰 돌이 얹혀 있어서, 보는 각도에 따라 부석이 공중에 떠 있는 듯한 느낌을 준다. 부석의 아래쪽 여기저기에도 촛불을 켠 자국들이 남아 있다. 남산부석의 장대하면서도 절벽 위에 살짝 얹혀 있는 아슬아슬한 모습이 절로 경이감을 불러일으키고 보는 이의 간담을 졸이게 한다.

부석에서 보는 전망은 탁 트였다. 남산 정상 바로 아래여서 동편의 토함산과 경주 들판의 전경이 한눈에 들어오고, 북쪽으로는 남산 자락이 굽이쳐 경주 시가지 쪽

남산부석의 봄.

으로 흐르는 모습이 경주 시가지의 풍경과 함께 잘 조망
된다.

남산 파괴의 상징, 순환도로

부석의 바로 뒤로 등성이를 넘으면 옛 남산 팔각정
자리로 해서 남산순환도로다. 남산순환도로는 국사골
과 오산골 입구에서 시작한다. 옛날 서라벌에서 언양 가
는 고갯길이었던 이영재를 올라 내처 산등성이 길로 해
서 금오산의 정상 곁을 지나 남산부석이 있는 팔각정 자
리에서 전망대인 금오정을 거쳐 윤을골로 해서 포석정
으로 내려간다. 지금은 임도처럼 제법 넓은 길이 이어져
있지만, 이 길을 닦을 당시에는 이리로 차가 다닐 수 있
게 한다는 발상으로 만들었다. 지금은 물론 입구에서 차
량 통행을 막아서 보행으로만 이용된다.

남산순환도로는 1966년 5월에 착공해 7개월 만에 준
공했다고 한다. 군인들이 이 길을 닦는 데 많은 힘을 들
였다. 당시 목격자들에 따르면 죄수들도 동원되어 작업

을 했다고 한다. 목격자들은 총을 든 군인들이 감시하고 죄수들은 온몸이 땀으로 범벅이 된 채 곡괭이나 삽으로 땅을 파는 모습을 떠올리기도 한다. 어쨌든 이 길은 내서는 안 될 길을 막무가내로 내어버린, 남산이라는 세계적인 문화유적을 황폐하게 만든 상징적 예로 기억될 만하다. 당시에도 각계의 많은 반대가 있었지만, 그냥 밀어붙인 것이다.

평생 남산을 사랑하여 '남산 산신령'으로 불리던 고윤경렬 선생과 남산을 오르내릴 때 이 길을 두고 늘 선생이 욕을 해대던 것을 기억한다. 윤경렬 선생은 당시 경주 시장의 이름을 자신의 노트에 꼭꼭 적어 놓았다면서 길이 후손들에게 그 잘못을 기억시켜 경각심을 갖게 해야 한다고 강조하곤 했다.

유적이 많아 '노천 박물관'으로 불리는 남산은 어느 곳도 조금이라도 훼손될 수 없는 산이다. 돌 하나 풀 한 포기가 모두 귀중한 우리의 문화유산이라는 말이 결코 과장된 말이 아님을 온몸으로 보여주는 산이다. 그런데도 그 등줄기를 관광이라는 명목으로 훼손해버렸으니, 이는 문화적 야만의 행동이며, 미래를 내다보지 못하는 단견의 소치가 아닐 수 없다. 나중에 남산의 가치가 세계적으로 알려지면서 이 길은 남산 훼손의 대표적인 사례로 두고두고 욕을 먹는 길이 되고 말았다.

부석에서 순환도로로 올라와 잠시 걸으면 바위들이 포개진 채 평평한 봉우리가 나오고, 그 위에 금오정이란 전망대가 세워져 있는 곳에 이른다. 순환도로를 닦고 나서 세운 것이다. 시멘트로 지은 정자라서 남산에 어울리지 않는 생경함만이 느껴진다. 좀 더 세심하게 신경을 써서 남산의 격에 맞는 시설을 공들여 지었으면 어땠을까? 이곳에 서면 경주 시가지가 한눈에 들어온다. 전망대 주위에는 진달래가 흐드러지게 핀 가운데, 복사꽃의 붉은 빛이 피어나기 시작한다. 그 꽃빛이 바람에 솨솨 소리를 내는 푸른 소나무 빛깔과 잘 어울린다.

국사골 삼층석탑

남산 전망대 부근 순환도로에서 벗어나 국사골의 왼편 등성이로 난 길로 접어든다. 고깔바위 능선이다. 그 능선에서 왼편 골짜기 곧 철와골로 내려가면 통일전 쪽으로 나간다. 좀 더 내려와 국사골로 난 길로 내려서면 비탈에 이내 한 절터가 나온다. 이른바 '큰 축대 절터'라 불리는 터다. 아래 골짜기 너머로 남쪽 산등성이에는 우람한 상사바위가 바라다보인다.

이곳에는 지대가 경사져서 축대를 층층이 쌓아 건물터를 만들었다. 그 흔적들이 남아 있다. 또한 2001년에 복원한 삼층탑이 절터 가장 위쪽 축대 위에 세워져 있다 (경주 남산 국사곡 제4사지 삼층석탑, 경상북도 유형문화재 제447호).

1980년에 나온 『새 新羅記』(신왕 지음, 동문출판사)에 따르면 그 당시까지만 해도 이 절터 위에 무너진 탑재들이 주춧돌, 장대석 들과 함께 흩어져 있었던 걸 알 수 있다. 탑 주위에는 지금도 주춧돌들이 보이고, 한편에는 잘 조각된 불상 대좌 하대석이 흙 속에 반쯤 묻힌 채 드러나 있다. 남산 어디든 절터에는 꼭 무덤들이 들어차 있는 걸 볼 수 있는데, 이곳도 예외가 아니다. 최근의 것은 밤에 몰래 묻은 불법 분묘들이 대부분인데, 무덤을 조성하면서 주변에 흩어져 있던 건물 재료와 탑재 등의 석물들을 가져와 상석이나 축대용으로 마구 쓰는 등 훼손이 심하다.

국사골 삼층석탑은 최근 복원된 탑들 가운데서도 옛 탑재가 많이 남아 있어서 비교적 원형에 가깝게 복원되었다. 이 탑이 복원되면서 국사골을 찾는 이들이 갑자기 늘어날 정도로 명물이 되었다. 신라 시절 이곳은 층층이 축대로 쌓아 올린 터에 단층이 아롱진 집들이 들어차고, 그 위로 이 탑이 높이 솟아 있었을 것이다. 탑 자리에서 보면 멀리 토함산이 바로 눈에 들어온다. 탑의 위치도 토함산을 정면으로 보면서 잡았을 것이다.

이곳뿐만 아니라 남산에는 탑이 많았다. 골짜기마다 절이요, 절마다 탑이었다는 말이 이 산을 두고 한 말이었으니, 탑들이 골마다 봉우리마다 뾰족하니 솟아 있는 광경이 굉장했을 것이다. 고려 이후 신라의 귀족들이 개성으로 옮겨 간 이후에도 한동안 이 산의 불등(佛燈)은 켜진 채 그 기운이 사위지 않고 이어져 내려왔다. 그러다 조선조에 들면서 이곳은 버려진 산이 되었고, 많은 절들이 사라졌으며, 차츰 탑들도 무너져 내렸다. 일제 강점기에는 탑 안의 사리장구 등 보물들을 훔치려는 도굴꾼들이 설치면서 대부분의 탑들이 무참하게 무너지고 해체되어 마구 버려졌다. 지금까지 조사된 바에 따르면 이렇게 하여 흩어진 탑들이 무려 일흔 개가 넘는다고 한다.

지금 남산의 탑들은 거의가 다시 세워 놓은 것이다. 2000년대 들어 비파골의 삼층석탑을 비롯하여, 늠비봉의 오층석탑, 용장계 지곡의 전탑형 삼층석탑(경주 남산 용장계 지곡 제3사지 삼층석탑, 보물 제1935호) 등이 복원되어 남산을 찾는 이들을 즐겁게 하고 있다. 석탑을 복원할 수 있는 것은 탑재가 옛 탑 자리에 고스란히 쌓여 있거나 주위에 흩어져 있기 때문이다. 목탑의 경우는 재만 남지만 석탑은 그 재료들이 고스란히 남기 마련이다. 이를 수습하여 오랜 시간 동안 조각들을 맞추고, 혹 탑재가 유실되어 모자라는 부분은 새로 깎아 채워 넣어서 복원하는 것이다. 남산에는 아직도 흩어져 있는 탑재들이 꽤 있다. 옛 절터의 잔영인 석탑 조각들을 제대로 수습하는 일이 쉽지는 않지만, 계속해서 탑들을 하나하나 복원해 나가야 할 것이다.

복원된 탑 아래 서면 언제나 깊은 감회가 일기 마련이

다. 탑재들이 흩어져 바닥에 깔려 있던 때와는 그 기분이 완전히 다름은 물론이다. 이곳이 절터라는 확실한 느낌이 들고, 탑 주위를 에워쌌던 전각들을 더 구체적으로 떠올리는 재미도 있게 마련이다. 국사골 삼층석탑 복원도 그런 의미에서 아주 기분 좋은 일이다. 탑이 복원됨으로써 국사골의 절터의 의미가 중요하게 부각되기도 한다.

탑의 높이는 5미터가량. 풍화한 암반을 파내고 그 위에 단층 기단으로 밑자리를 잡은 다음 단아하게 탑을 세워 놓았다. 남산의 높은 곳에 세워진 탑들이 그렇듯 이 탑도 이중 기단을 하지 않았다. 높은 산이나 언덕 자리 그 자체를 기단으로 삼는 것이 이 탑에도 고스란히 적용되고 있는 것이다. 그래서 이 탑 역시 실제 높이는 5미터에 불과하지만, 보기에 따라서는 탑이 서 있는 산의 높이를 더한 아주 높은 탑이 되는 셈이다.

탑의 모양은 간명하면서도 명쾌한 느낌을 준다. 4단의 옥개석 받침이 가지런하고도 날렵하게 허공에 떠 있다. 옥개석의 전각 모서리에는 풍경을 달았던 구멍이나 있다. 1층 옥신에 대한 2층과 3층 옥신의 비율 및 각

층의 옥개석의 비율이 아주 조화롭다. 이를 두고 체감률이 좋다고 말하는데, 곧 탑의 기단에서부터 상륜부까지의 넓이와 체적이 줄어드는 비율이 조화가 잘 됐다는 뜻이다. 이 탑은 돌이 많고 골이 깊은 국사골의 빼어난 경치를 그 날렵한 자태로 더 두드러져 보이게 해주는 듯하다.

신라의 처음과 끝을
밟는 산책길

벚꽃 피는 길

나정은 신라 발상지라 할 수 있는 곳이다(경주 나정,
사적 제245호). 진한의 육부촌장들이 알천 언덕에 모여
새로운 나라의 첫 임금을 찾아 도읍을 정하려 의논하고
이 자리에서 새 임금을 맞는 신비한 신화가 전해 온다.

그들이 높은 곳에 올라 남쪽을 바라보니 양산 밑
나정(蘿井) 가에 번갯빛처럼 이상한 기운이 땅에 비

치고 있었다. 그리고 흰 말 한 마리가 땅에 꿇어앉아 절하는 형상을 하고 있었다. 그곳에 가보니, 자줏빛(또는 푸른빛) 알 한 개가 있었다. 말은 사람들을 보더니 길게 울고는 하늘로 올라가버렸다. 그알을 깨니 어린 사내아이가 나왔는데, 그 모습이 단정하고 아름다웠다. 놀랍고 이상히 여겨 그 아이를 동천(東泉)에서 목욕시켰다. 몸에서 광채가 나고, 새와 짐승이 따라 춤추며 천지가 진동하고 해와 달이 청명해지므로, 그 일로 해서 그를 혁거세 왕이라 이름했다.

『삼국유사』에 그려진, 나정에서 신라 첫째 임금 박혁거세가 하늘의 기운을 받아 태어나는 환상적인 장면이다. 이 설화에는 알천이라는 내 이름, 양산이라는 언덕의 이름 등 주요한 지명들이 나온다. 양산은 남산의 서북 기슭에 속하는 울멍줄멍한 낮은 봉우리다. 나정의 동북편에 있다.

이 설화는 이들 지명을 통해 남산이 신라의 시조가 탄생한 성지임을 강조한다. 나정 부근에서 청동기시대 유물이 자주 출토되는 것으로 봐서 이 일대는 오래전부터 사람들의 취락이 있었음을 알 수 있다. 혁거세의 집안은 이 지역을 거점으로 세력을 키워 왔을 것이다. 혁거세는 태어나자마자 이곳에서 가까운 창림사터에 있는 궁(아마도 이곳이 원래 혁거세의 집이었고, 나중에 궁으로 격상되었을 것이다)에서 어린 시절을 보내고 장성하여 신라왕에 등극한다. 이로부터 신라 왕실은 시조 혁거세가 태어난 나정에 나을(奈乙)이란 신궁을 세우고 왕이 즉위하면 반드시 와서 고하는 제사를 지내곤 했다. 나정 발굴터에서 집터가 드러나 나을 신궁의 터가 아닌가 하는 의구심을 자아내기도 했는데, 알 수 없는 일이다.

나정 부근에 차를 세워 놓고 슬금슬금 걷는다.

나정에서 시작, 육부촌장을 제사 지내는 양산재 앞을 거쳐 돌산 고허촌장비를 지나 식혜골 어귀의 사제사터를 멀리 바라보면서 남간사터로 전해지는 남간마을로 가서, 오른편으로 꺾어 강당못 아래 남간사지 당간지주를 지나 창림사터로 해서 포석정으로 이어지는 길은 언제 걸어도 정겹고 아름답다.

이 일대는 남산의 북편 끝자락의 완만한 능선지대다.

신라의 시조 박혁거세의 탄생 설화가 전해지는 나정.

산자락이 완만하게 이어져 나정을 지나 서남산에 펼쳐진 들로 이어지는데, 원래 산자락이던 것이 지금은 비탈을 깎고 다져 조성한 논으로 질펀하다. 이 길은 십여 년 전만 해도 논길로 이어져 있었지만, 지금은 농로가 뚫려 시멘트 포장을 해 놓았다. 그래도 옛길의 맛은 그런대로 난다. 주변이 거의 개발되지 않아서 호젓한 느낌을 주는 곳인 데다, 왼편으로는 옛 남산성터였던 남산의 골과 숲이 웅숭깊고, 숲 위로는 게눈바위가 있는 해목령의 불쑥 솟은 봉우리가 눈에 들어오며, 오른편으로는 펼쳐진 너른 들이 아득하게 느껴지기 때문일 것이다. 산기슭을 논으로 만들었기 때문에 논길은 높은 둔덕길 같다. 멀리 들이 드넓게 내려다보일 만큼 전망이 좋다.

길의 굽이굽이마다 논밭 사이에, 또는 산자락마다 유적지들도 심심치 않게 산재한다. 우두커니 서서 남산을 올려다보기도 하고, 이쯤에 절이 있었고, 저긴 탑 자리일 거라고 나름대로 가늠을 하면서 슬금슬금 논 사이로 걷는 재미가 있다. 논에는 가득 벼꽃들이 피어나기 시작한다. 그 꽃향기일까, 풋풋하면서도 달큼한 내음이 진동한다.

남간사지 당간지주가 논 가운데 서 있다(경주 남간사지 당간지주, 보물 제909호). 서남산 기슭의 절 가운데 남간사와 창림사가 가장 큰 절이었다고 하는데, 이 당간지주는 남간사의 규모를 짐작게 할 정도로 크고 미끈하게 잘생겼다. 절은 당간지주의 북편에 있었다. 지금의 남간 마을이 바로 절터로, 마을의 대부분을 차지할 만큼 넓었다. 마을 곳곳에 절터의 유물들이 흩어져 있다. 주춧돌과 장대석들이 집집마다 남아 있다. 그런 가운데 옛 우물과 석탑 자리, 돌로 만든 하수구 시설 등이 여전히 제자리를 지키고 있다.

당간지주는 3.6미터로 미끈한 모습이다. 논 가운데 우뚝 솟아 있어서 새삼 세월의 무상감을 느끼게 한다(지금은 당간지주를 위한 구역을 만들어 보호하고 있다). 천년의 세월 동안 주변의 지세는 몰라보게 변했어도 지금까지 의연하게 제자리를 지키고 있는 모습에서 가슴 뭉클한 감동을 느낀다. 논을 만들면서 당간지주를 걸리적거린다며 뽑아내 버리지 않고 그냥 둔 것은 당간지주가 뿜어내는 강렬한 세월감과 미끈하게 잘생긴 모습을 건드리고 싶지 않았기 때문일까?

천년의 세월을 지키고 있는 남간사지 당간지주.

당간지주는 일종의 게양대인데, 꽤 큰 절에서나 볼 수 있는 것이다. 경주 지역에는 통틀어서 십여 기밖에 남아 있지 않다. 그 가운데 남산에서는 이것이 유일하다. 지주의 중간에는 당간을 지탱하기 위한 구멍이 두 돌기둥에 뚫려 있다. 두 돌기둥의 꼭대기 안쪽에는 간구(竿溝)를 십자형으로 파 놓은 게 아주 특이하다.

당간지주를 지나 산굽이를 하나 돌면 창림사지, 거기서 다시 산모롱이 한 굽이를 돌면 포석계곡 입구다. 포석정은 원래 신라의 이궁(離宮) 안에 있던 것으로 신라 경애왕이 이곳에서 놀다가 불시에 쳐들어온 후백제 견훤에게 죽임을 당한 곳이다. 그래서 신라 쇠망의 상징처럼 얘기된다.

그러니까 나정에서 포석정에 이르는 이 길은 신라의 발생 초기와 패망에 이르기까지를 오롯이 음미하는 길이기도 한 것이다. 신라의 처음과 끝의 이야기와 자취가 남산 자락에, 그것도 지척 간에 존재하며 하나의 길로 이어진다는 것은 얼마나 아이러니한 일인가?

창림사터와 석탑

　창림사터는 남산 해목령에서 서쪽으로 뻗어 내려온 뫼뿌리 위에 있다. 남간사터가 있는 큰골과 포석정이 있는 윤을골 사이의 능선 끝자락쯤이 된다. 능선이 솟아오른 곳에는 삼층석탑이 서 있고, 석탑의 서쪽 아래에 있는 넓은 터가 절터다.

　풀덤불이 무성하게 절터를 덮고 있다. 여기저기 많은 주춧돌들이 흩어져 있다. 밭둑가에도 있고, 무덤가에도 있고, 비탈 아래에도 널려 있다. 한구석에는 창림사 사적기를 새긴 비를 얹었던 쌍귀부가 부서진 채 남아 있다. 모서리가 부드러운 네모난 대석 위에 두 마리의 거북이 큰 비석을 등에 업고 있는 모습이다. 두 마리 다 머리는 떨어져 나가고 없다. 그중 하나는 경주박물관에 있고, 나머지 한 마리의 머리는 1980년경 서울의 한 골동상이 가져갔다는데, 행방을 알 수 없다.

　국립경주박물관은 이 일대의 유물을 꽤 수습했는데, 목이 없는 석조비로자나불좌상 두 구, 사자 무늬가 새겨진 비석 받침, 여래상 네 구, 석탑 앙화(仰花), 그리고 지금 남아 있는 석탑 외의 또 다른 석탑의 잔재인, 팔부신중이 새겨진 면석, 법화경이 새겨진 경석(經石) 등이 그것들이다. 이것들은 경주박물관에 보관 중이다.

이곳은 원래 궁전이었다. 『삼국유사』에 따르면 박혁거세 왕과 알영 왕비가 어린 시절 이곳 궁전에서 양육됐다. 『동국여지승람』의 창림사조에는 금오산(남산)록에 신라 때 궁전 유허지(遺墟址)가 있었으나 후세에 사찰을 세웠다는 기록이 있다. 창림사터가 바로 그 궁궐터 위에 지어진 것인지는 확인할 길이 없으나 이런 사실을 통해 창림사가 신라 궁실의 원찰(願刹)로서 상당한 비호를 받았으리라 짐작할 수 있다.

황실과 밀접한 관련을 가진 절이었던 만큼 그 규모가 컸을 것이다. 산줄기 등성이에 자리 잡은 거대한 석탑이 이를 말해준다(경주 남산 창림사지 삼층석탑, 보물 제1867호). 석탑재들이 이 일대에 허물어져 있던 것을 수습하여 복원한 것은 1979년인데, 상륜부가 없는 지금의 높이만도 6.5미터나 되는 큰 탑이다. 남산에 현존하는 석탑 가운데서는 가장 크다. 창림사지 삼층석탑은 절에서 가장 위쪽인 산등성이에 서 있는데, 남산의 모든 탑이 그

남산에 현존하는 석탑 중 가장 큰 창림사지 삼층석탑.

렇듯 언덕 전체가 기단이 된다. 그러면서 이중 기단을 만들어 그 위용을 더 높였다.

탑은 2, 3층 옥신과 상층 기단 면석들 중 일부를 찾을 수가 없어서 새 돌로 깎아 맞추었다. 1층 옥신의 사면에는 문짝과 문고리가 조각되어 있고, 기단의 상층 면석에는 한 방향마다 두 개씩, 모두 여덟 개의 팔부신중상들을 새겨 놓았으나 지금은 천, 건달바, 마후라가, 아수라 등 네 개의 신중상만이 남아 있다. 아수라상의 보존상태가 괜찮은 편이다. 얼굴이 셋이고, 팔이 일곱 개인 아수라는 구름을 타고 하늘에서 내려오는 모습인데, 조각 솜씨가 비범하여 하나같이 생기와 박력이 느껴진다. 부릅 뜬 눈, 꽉 다문 입의 엄격함, 거기에 대비되는 휘날리는 천의의 묘사가 생동감이 넘친다. 강한 힘과 부드러운 천의의 묘사가 절묘하게 어울린 신라 조각의 걸작품이다.

창림사터에는 팔부신중이 새겨진 또 다른 탑이 하나 더 있었다고 한다. 허물어진 탑을 수습할 때 석재들이 많이 흩어져 여덟 개의 신중 가운데 세 개 상만 수습됐는데, 지금 경주박물관으로 옮겨져 있다.

창림사지 삼층석탑 기단의 팔부신중상 조각.

포석정

　우리나라의 유적 가운데 사적 제1호로 꼽히는 포석정은 포석계곡 입구에 있다(경주 포석정지, 사적 제1호). 포석정을 사적으로 정한 건 일제 강점기 때였다. 하고 많은 유적지를 놔두고 하필이면 포석정을 1호로 정했을까 하는 의문이 생긴다. 우리 역사의 아픈 부분을 부각시킴으로써 우리 민족의 자존심을 깎아내리려는 일제의 의도때문이었을까?

　포석정의 입장료는 5백 원이다. 포석정 입장료보다는 포석정 앞 주차장의 주차요금이 천 원으로 더 비싸다(그후 요금이 모두 올랐다). 포석정이 별로 화려하지도 크지도 않아서 사람들이 크게 관심을 보이지 않기 때문에 입장료를 아주 적게 매긴 걸까? 아니면 이 일대의 사적지 입장료가 대부분 이 정도로 싼 것일까?

　사실 얼핏 보면 포석정이란 게 너무 단순하고 주변에 볼거리도 없어서 관광객들로부터 "사적 제1호가 뭐 이래?" 하는 취급을 받기 일쑤다. 사람들은 가볍게 둘러보고는 "아, 여기가 그 유명한 포석정이군" 하고 고개를 끄

덕이고는 휑 나가버린다. 그러고는 주차장에 차를 세워둔 채 포석계곡이나 윤을계곡으로 등반을 한다. 길을 낼당시 그 말 많았던 남산순환도로가 포석정에서 시작하니, 이곳 넓은 주차장은 항상 등산객들이 몰고 온 차들로 붐빈다.

그러나 포석정을 자세히 살피면 그 묘함에 탄복을 하게 된다. 매끈하게 다듬은 화강암 석재들이 정교하게 맞추어져 있는 것이 묘하고 신비스럽다. 거기다 물이 들어오는 곳에서부터 물길이 흘러가다가 굽이치게 해 놓은물굽이의 배치가 절묘하다. 그리하여 물길이 너무나 과학적으로 조성되어 있다는 과학자들의 진단도 들먹여지면서 감탄하는 소리가 나오게 된다. 굴곡진 포석정의 기복을 따라 술잔을 띄우면 대략 열두 곳 정도에서 술잔이잠시 머문다고 한다. 이를 두고 고대의 유체역학(流體力學) 기술의 교묘함을 찬탄하기도 한다.

물길의 모양이 전복의 형태를 하고 있다고 해서 이름붙여진 '포석정(鮑石亭)'은 유상곡수(流觴曲水)의 연회를베풀던 장소로 알려진다. 물길을 따라 흐르는 잔을 받아들면서 시를 읊는 놀이가 유상곡수의 연회다. 이 멋들어

ⓒ정용태

포석정은 물길의 모양이 전복을 닮았다고 해서 붙여진 이름이다.

진 홍취가 그러나 결국은 경애왕이 후백제 견훤의 습격으로 박살이 나고 최후를 맞는 일로 이어지면서 포석정은 탄식과 비극의 장소가 되어버린다.

『삼국유사』에 기록된 다음과 같은 포석정에 관한 내용도 흥미롭다.

왕(49대 헌강왕)이 포석정에 행차했더니, 남산의 신이 임금 앞에 나타나서 춤을 추었다. 좌우 사람들은 보지 못했으나 왕만은 홀로 이것을 보았다. 어떤 사람(신)이 앞에 나타나 춤을 추니 왕 자신이 춤을 추어 그 형상을 보였다. 신의 이름은 혹 상심(祥審)이라 했으므로 지금까지 나라 사람들은 이 춤을 전하여 어무상심(御舞祥審) 또는 어무산신(御舞山神)이라고 한다.

이를 통해 유추해보면 포석정은 헌강왕이 있었던 9세기 중엽에 이미 만들어져 연회가 자주 베풀어졌음을 알 수 있다. 원래 이곳은 이궁(離宮)의 내부로 이곳에서 가까운 남산성과 깊은 관계가 있었을 것으로 추측된다. 또는 앞의 글에서도 드러났듯, 이곳이 남산의 신이 강림하는 터라는 점에서 화랑들의 순례지 가운데 하나로 남산의 산신을 제사 지내던 곳이라 해석하는 이들도 있다. 남산의 신에 대한 기록은 이 대목 외에는 발견되지 않지만, 이 기록을 통해 남산 신이 춤을 좋아하고 사람들 앞에 나서기도 함을 알 수 있다. 기실 경주 지역의 산들에는 저마다 신들이 주재하고 있었다. 선도산과 북악의 신이 유명하다. 남산은 신라 초기 때부터 나을신궁을 지어 정기적으로 제사를 지냈을 만큼, 산신 또한 특별한 존재로 숭앙되었으리라 짐작된다.

윤을곡 마애삼체불좌상

내친김에 윤을골(유느리골)로 해서 남산성터가 있는 곳으로 오르다가 만나게 되는 마애불을 보고 가기로 한다. 포석정에서 남산순환도로를 따라 오른다. 길은 꽤 넓으나 울퉁불퉁하고 돌이 많아 버석거린다. 도로는 이 골짜기를 올라 전망대를 거쳐 이영재를 지나서 오산골로 해서 동남산 남산리 탑마을로 내려오게 된다. 지금은 등산로로 각광을 받으면서 등산객들이 끊이지 않을 만큼 많다.

포석계곡 입구의 소나무숲 아래로 난 길은 걷기에도 편하고 기분 좋게 배회하고 싶을 만큼 숲이 아름답다. 포석계곡을 지나 윤을골로 접어들어 배상못 위쪽으로 조금만 가면 짧은 다리가 나오고, 다리를 건너면 이내 순환로에서 옆길로 빠지는, 왼편으로 오르는 가파른 오솔길이 나타난다. 그 길로 70미터 정도 오르면 세 불상이 한 바위에 새겨진 게 보인다. '윤을골 마애삼체불좌상'이라 불리는 불상이다(경주 배리 윤을곡 마애불좌상, 경상북도 유형문화재 제195호).

바위는 ㄱ자로 꺾여 있는데, 그 남면에 두 체의 불상이, 그리고 서면에 한 체의 불상이 조각되어 있다. 이런 구성은 다른 곳에서는 보기 힘든 특이한 형태다. 불상의 높이는 1미터 내외로 작은 편이다. 불상들은 각자의 개성을 잃지 않은 채 한 바위에 각각 독립적으로 있는 느낌인데, 그러면서도 키 높이를 나란히 하여 조화가 되도록 했다. 흔히 삼존불이란 부처 곧 여래를 중앙에 두고 두 협시불을 거느린 경우에 붙이는 이름이다. 삼체불이란 무엇인가 하고 찾아보니, 이렇게 불상들이 각각 독자성을 유지하면서 세 구가 함께 있는 경우를 말한다고 한다. 그러니까 편의상 붙인 이름이란 것이다. 그럴 수도 있겠다 싶다.

세 여래상의 중앙이 석가여래인 듯하다. 보상화로 장식한 두 개의 연꽃 위에 결가부좌로 앉았는데, 오른손은 위로, 왼손은 아래로 하여 설법하는 자세다. 통견의 가사가 생기가 있어 보인다. 편안하게 앉아 설법을 하는 자세이지만, 조각 솜씨는 고졸하여 소박한 느낌을 준다.

나머지 불상은 모두 약사여래로 보인다. 두 불상 모두 앙련 대좌 위에 결가부좌하여 앉았는데, 왼손은 약그릇을 들고 있다. 곡을 이룬 바위의 면에 각각 새겨 놓긴 했지만, 이렇듯 두 약사여래를 하나의 불상군 속에서 조각하는 것은 희귀한 경우다. 아마 한 면이 허전하여, 앞서 조각한 불상 옆에 나중에 누군가 약사불을 똑같이 모사하지 않았을까 생각되기도 한다.

기실 이 불상들은 모두 통일신라시대 불상의 전형을

벗어나 있다. 광배를 넓은 띠처럼 묘사한 것도 그렇고, 수인 역시 변형되어 있다. 발도 모두 옷자락 안에 가려져 있다. 세 불상 모두 우수한 조각 솜씨로 보기는 힘들다. 옷 주름이 가지런하지 못하고 목이 제대로 나오지 않아 약간 웅크린 모습이며, 신체의 비례도 무시되어 있다.

그러나 작고 못생기긴 했으나마 세 불상이 비탈진 곳에서 서로 어깨를 나란히 하여 앉아 있는 모습이 참 정겹게 느껴진다. 이런 소박함과 정겨움 덕분에 이 불상은 기도하러 오는 이들의 마음을 편안하게 만드는가 보다. 할머니들이 많이 찾는데, 기도객들이 연중 끊이지 않는다. 불상 앞 작은 제단에는 늘 촛불이 켜지고 과일이랑 과자들이 놓여 있어서, 뒤에 오는 참배객들의 요깃감이 되기도 한다.

남면 오른쪽 석가여래상의 왼쪽 어깨 위에는 "태화구년을묘(太和九年乙卯)"(흥덕왕 10년, 835년)라는 글자를 새겨 놓았다. 조성 연대일 것이다. 불상 위 바위에는 가로로 홈을 파서 빗물이 흘러내리지 않게 배려했다. 바위에 지붕을 얹었던 흔적 같은 게 보이기도 한다.

마애삼체불이 있는 곳에서 남산순환로를 따라 7백 미터쯤 올라가면 논밭이 있는데 절터다. 탑재와 주춧돌 등 많은 석재가 흩어져 있다. 그 일대가 해목령 남쪽 비탈로, 바로 남산성의 남쪽 성곽들이 허물어진 채 나타난다.

산봉우리를 끌어올린
탑의 상승미

선방골, 포석골

배리 삼존불의 미소

포석정이 있는 포석골과 삼릉계곡의 중간에 있는 선방골이 단풍으로 화안하다. 골짜기 입구에 배리 삼존불이 남향으로 서 있다(경주 배동 석조여래삼존입상, 보물 제63호). 배리는 이곳 마을 이름이다. 골짜기 이름을 따서 '선방골 삼존석불'이라 부르기도 한다. 더러 삼체석불이라 부르지만, 정확한 명칭은 삼존석불이다.

언젠가 얘기했지만, 불상이 본존을 중심으로 좌우 협

시불이 배치되면 삼존불, 그렇지 않고 세 개의 불상들이 독립적으로 각각 있으면 삼체불로 불린다. 배리 삼존불을 본존 아미타불 양쪽에 관음보살과 대세지보살을 협시보살로 배치한 것으로 보기도 하지만, 추측일 뿐이다. 본존이 아미타불이라는 근거가 뚜렷하지 않은 데다 관련 기록도 없다.

이 불상들은 선방골에 쓰러진 채 흩어져 있었는데, 1923년에 수습하여 세웠다고 한다. 본존과 좌우 협시보살 모두 높이가 2미터가 넘는 거대 석불로, 고(古)신라 양식을 유감없이 보여주고 있다. 신체의 굴곡 표현이 절제되어 얼핏 보면 돌덩어리 상태 그대로인 부분이 더 많은 것 같다. 고졸한 느낌이 들 정도로 단순한 조각 솜씨에다 크기가 우람하여 보는 이들을 압도하지만, 불상의 신체 비례가 어린아이들처럼 표현되어 천진스러운 느낌을 준다.

중앙의 본존불은 얼굴이 넓적하고 풍만하다. 옷 주름은 다소 도식적으로 굵게 표현됐다. 좌 협시보살은 엷은 미소를 띤 표정에다 왼손에 정병을 들고 있다. 팔과 옆구리 사이를 파내어 뚫어서 입체적 효과를 낸 것도 눈길

보호각 안에 서 있게 된 배리 삼존불.

을 끈다. 특히 이 보살은 상반신이 천의만을 두른 나신이어서 몸의 느낌이 두드러지게 드러난다. 우 협시보살 역시 팔과 옆구리 사이를 파내었는데, 얼굴 뒤 두광에 네 구의 화불이 조각되어 있는 데다 짧은 목걸이에 발목까지 드리운 장신구들로 화려하다. 미소가 얼굴에 잔잔히 피어나는데, 얼굴과 손이 통통하여 어린아이 같다. 오른손은 긴 목걸이를 쥐고 있고, 왼손은 연꽃 봉오리를 쥐고 있다.

본존의 단순한 묘사에 비해 협시보살은 세부적인 묘사를 하여 대비를 이룬다. 양 협시보살들도 각각 소박함과 화려함으로 대조되는 등 표현에 변화를 주려고 애쓴 듯하다. 세 불상의 미소도 나름대로 독특하여 차이가 나는 것도 신비롭다. 손 모양도 제각각이다. 말하자면 한 세트를 이루는 불상군이면서도 불상마다 표정과 몸짓, 옷 모양 등이 개성있게 표현되어 있고, 그러면서도 전체적으로 묘한 통일감을 형성한다. 그런 면에서 배리 삼존불은 삼국시대 신라의 뛰어난 양식으로 꼽히는 고졸미가 아주 잘 드러나는 걸작품이라 할 만하다.

불상들은 십여 년 전에 지어진 보호각 안에 서 있다.

보호각의 천장이 불상에 비해 낮고, 전체 공간이 협소하여 답답하게 느껴진다. 그래서 보호각이 지어지기 전이 훨씬 보기에 좋았다는 말을 많이 듣는다. 나 역시 그렇게 생각한다.

1980년대 초부터 뻔질나게 경주를 드나들었는데, 삼릉 솔숲에 갈 때면 꼭 이곳에 들러 우람한 세 불상들을 은근하게 올려다보는 걸 좋아했다.

당시 삼존석불이 노천에 서 있을 때에는 돌 표면에 이끼가 짙게 끼어 주변에 밀집해 있는 소나무들과 너무 잘 어울렸다. 특히 정오 무렵의 햇빛이 본존불과 협시보살의 머리를 비출 때면 풍우에 닳은 얼굴들의 굴곡에 미세한 그늘이 지면서 그윽하니 미소가 입술 주위에서 피어올라 신비롭기 짝이 없었다. 해맑다고 할까, 눈부시다고 할까, 얼굴 가득 잔잔하게 일렁이는 미소는 보는 이의 마음을 절로 푸근하게 만들어버렸다. 그리하여 불상의 재질인 투박한 돌의 느낌은 사라지고, 전체가 눈부신 미소의 빛 덩어리로 바뀌어버리는 듯한 착각에 곧잘 빠지곤 했다.

그러나 지금은 보호각 때문에 이 불상들에 햇빛이 들

어오지 않는다. 표정도 다소 밋밋해진 느낌이다. 더러 사진을 찍는 이들이 불상의 머리 위에서 인공조명을 쬐어 과거처럼 얼굴과 신체의 음영이 빛으로 드러나는 효과를 내보려 하지만 천장이 낮아서 그 효과가 제대로 잘 나오지 않는 듯하여 안타깝다.

삼존불의 뒷면 묘사도 나름대로 소박하면서도 소홀하지 않게 표현되어 있다. 특히 뒷면 여기저기 붉은 채색이 남아 있는 게 눈길을 사로잡는다. 법당 안에 안치되어 아름답게 채색되어 있었을 불상들이, 법당이 부서져버린 후 쓰러져 하늘을 향해 누워 있는 바람에 그 뒷면의 색채가 풍우에 날아가지 않고 약간이나마 남아 있는 것이다.

유감주술(類感呪術)이라고 했던가? 이 불상들이 고졸하고 단순하면서도 신체 및 얼굴 표현이 어린아이 같아서, 아이를 갖게 해달라고 비는 불상으로 오랫동안 신도들의 추앙을 받아왔다. 지금도 이 불상을 찾는 신도들이 많은 가운데 여전히 그런 습속을 믿는 이들이 있다고 한다. 본존불 앞에 큰 돌이 하나 남아 있는 게 그 흔적이다. 아들을 원하는 여인들이 염불을 하면서 작은 돌을 쥐고

이 돌에 문지르다가 어느 순간에 돌이 큰 돌에 착 달라
붙으면 소원성취를 할 게시라 여겼다. 큰 돌의 윗면은
그래서 돌이 닳은 흔적으로 반질반질하다.

부엉더미의 황금불

부엉더미는 포석계곡 안에 있다.

포석정 주차장에 차를 세워 놓고 남산순환로 초입에
서 골짜기를 따라 오른다. 제법 물소리가 세차다. 골이
깊다. 오른편 가파른 능선 위에 큰 바위가 보인다. 황금
대라 불리는 바위다. 황금대는 삿갓산과 더불어 서남산
중턱에서 가장 높은 봉우리다. 바위 색이 누렇다고 해서
그렇게 불리는데, 이 언저리에서 선사시대 유물들이 꽤
발견됐다. 양지바른 곳인 데다 지대가 높으며, 깊은 산
과 너른 들이 가까이 있어서 원시인들이 지내기 안성맞
춤인 곳이었던 듯하다.

부엉듬이는 황금대의 북쪽에 있는 골짜기다. 골이 깊
어 한낮에도 부엉이가 울어서 부엉더미(또는 부엉바위)

또는 부엉골이라 하는데, 요즘은 부흥(富興)골이라 부른
다. 부흥사라는 새로 조성한 절이 있다.

　포석골에서 부엉골로 들어서서 이내 비탈을 오른다.
부흥사에 가기 전 북쪽 등성이 부근의 바위에 마애여래
좌상이 선각으로 새겨져 있다. '부엉곡 마애여래좌상'이
다(경주 남산 포석곡 제5사지 마애여래좌상). 불상의 몸이
황금빛이어서 황금불 좌상이라 하기도 한다. 높이 1미
터 정도로, 대단찮아 보이는데도 이 불상을 기억하는 이
가 많고 기도하는 이들도 연중 끊이지 않는 것은 그 이
름이 황금불이기 때문인 듯하다. 일부러 그렇게 만든 것
이 아니라 바위가 산화되어 불그스름하기 때문에 그런
이름이 붙여진 것이다. 건너편 황금대의 바위색이 누런
것처럼 말이다. 이 불그스레한 황금빛 불상에 석양이 비
치면 신비한 느낌을 주기도 한다. 좌상이 새겨진 바위는
위쪽이 처마처럼 튀어나와서 비가 와도 불상이 잘 젖지
않는다. 가파른 비탈 위 바위에 새겨져 있어서 바위 앞
은 협소하다.

　포석골에서는 이 마애여래불이 유일한 불상이다. 바
로 옆 골짜기인 황금대 너머의 삼릉골에 수많은 불상들

이 있는 것과 대조되는데, 이 불상도 삼릉골 부처들과 같은 맥락에서 배치된 것이라는 생각이 든다. 불상은 전체 윤곽만 약간 도드라져 있을 뿐, 옷 주름과 손, 연화대좌 등을 모두 선으로 처리하여 드러냈다. 좌상이어서 그렇겠지만, 전체적으로는 정삼각형에 가까운 구도를 보여준다. 부처는 연꽃 대좌 위에 앉아 있다. 수인은 항마촉지인이다. 육계는 낮은데, 얼굴은 눈썹과 코가 분명하다. 목은 짧다. 옷 주름은 다소 번잡한 느낌을 준다. 통일신라 후반기의 작품이다. 선각의 선이 힘이 없이 너무 부드러워서 그렇게 추정하는 것이다.

달빛 속 환상, 늠비봉 오층석탑

황금불에서 조금 더 위로 올라 부흥사가 있는 골짜기로 내려섰다가 작은 개울을 건너 언덕을 오른다. 늠비봉이다. 거대한 화강암들이 모여 이룬 멋진 봉우리다. 서남산 자락 멀리 펼쳐진 너른 들과 경주 시가지 일부가 눈에 들어온다. 전망이 좋은 곳이다. 위쪽으로 금오산

달밤의 정취가 아름다운 늠비봉 오층석탑.

전망대가 아득히 올려다보인다. 봉우리 양쪽에는 포석골과 부엉골이 깊숙이 파여 있는 데다 능선들이 겹겹이 에워싸고 있어서 한눈에도 명당터라는 느낌이 든다. 봉우리 위에는 2002년 복원된 늠비봉 오층석탑이 날렵하게 서 있다(경주 남산 포석곡 제6사지 오층석탑). 탑 동편에는 절터도 있다.

바위로 이루어진 봉우리가 한눈에 봐도 예사롭지 않아 보이는데, 신라인들도 그렇게 여겼을 것이다. 경주 지역에서는 흔치 않은 오층석탑을 세운 것만 봐도 그렇다. 이곳은 탑재가 어지럽게 흩어져 옛 폐사지의 황량함으로 방치되어 있었다. 2002년 2월에야 흩어진 탑재들을 수습하여 복원했다. 그러나 그동안 많은 탑재들이 흩어져 제대로 수습하지 못했고, 탑의 많은 부분이 새로 깎은 돌로 보완됐다.

전체적으로 목탑의 분위기를 물씬 풍긴다. 옥개석을 여러 개의 돌을 짜맞추어 세운 것하며, 옥개석 낙수면 모서리에 귀마루가 높게 새겨져 있는 것으로 봐서 그렇게 여겨진다. 1층에서 5층에 이르는 옥개석들의 아래층에서 위층에 이르는 층층의 길이 차이가 크게 나지 않아

백제탑처럼 날씬하다. 한 개의 옥개석을 여러 개의 돌로 만든 예는 통일 초기에 조성한 감은사와 고선사 탑에서 볼 수 있으나, 두 탑들이 삼층탑으로 규모가 크고 우람한 것에 비해 이 탑은 오층탑에도 불구하고 아주 날렵하다. 비록 거대한 탑은 아니어도 봉우리 전체를 기단으로 삼고 있어서 봉우리 전체가 탑이 되는 상상력을 유발한다. 남산의 탑들이 대개 그러하듯 산 전체를 수미단으로 삼은 것이다.

이 탑의 복원으로 늠비봉이 갑자기 유명해졌다. 남산의 십경 가운데 하나로 꼽기도 한다. 바위산으로 무겁게 보이던 봉우리가 탑의 날렵한 상승미 덕분에 훨씬 가벼워지면서 높아 보이기조차 한다. 비록 복원 과정에서 새 석재가 너무 많이 끼어들어 이끼가 잔뜩 낀 고태의 맛은 덜하나, 세월이 어느 정도 지나 이 탑에 비와 바람이 스치고, 돌이끼가 짙게 끼면 그 고적한 느낌이 제법 되살아날 것이라는 기대를 갖는다.

남산은 겉으로 보면 밋밋하지만, 이곳처럼 산 깊은 곳에 골짜기와 봉우리들이 많다. 그 봉우리마다 석탑을 세웠다. 바위를 기단으로 삼아 자연스러움을 고스란히 드러내면서 그 속에 예술적 정교함과 종교적 숭고미를 읽어 짜 보였다. 남산은 그런 특이한 광경들이 수없이 많은 곳이다. 그러나 탑 안의 보물인 사리장구에 눈독을 들인 도굴꾼들이 남산 전체를 들쑤시고 다녔다. 일제 강점기에는 특히 일본인들의 사주를 받거나 돈을 받아서 행한 도굴이 심했다고 한다. 해방 후에도 사리함에 눈먼 도굴꾼들이 숱하게 이 산을 들락거렸다. 남산의 수많은 탑들이 그렇게 무너져갔다. 지금도 곳곳에 탑재들이 흩어져 있는 게 눈에 뜨인다. 그중 일부는 이렇듯 새롭게 복원되고 있지만, 많은 탑들의 탑재들은 흩어진 채 사라져버려 안타깝다.

탑 아래 큰 바위에 걸터앉아 가을빛으로 화려하게 옷을 갈아입은 남산을 둘러본다. 이 봉우리는 낮에도 좋지만 밤의 분위기가 기막히다. 달 밝은 밤에 이곳에 서면 그 특이한 정취에 매료되게 마련이다. 양쪽 골짜기는 우묵하여 컴컴하면서 아주 고요한데, 언덕 위는 달빛이 바위마다 비쳐 화안한 느낌을 준다. 밤공기 속에 날렵하게 뜬 탑의 옥개석 처마 위로 쌓인 달빛이 쌀뜨물처럼 희다. 남산 정상 부근의 전망대가 있는 능선 위로 별들이 초롱초롱하니 별들처럼 붕붕거리는데, 산 아래로는 질편한 들판 너머 경주 시가지 불빛이 보석처럼 반짝인다.

이런 분위기에 젖고 싶어 이곳을 달밤에 찾는 이들이 적지 않다. 밤에는 어두운 계곡으로 난 산길보다는 비교적 평탄하게 이어져 있는, 포석계곡 입구에서 남산성이 있는 해목령 쪽으로 해서 남산 정상으로 이어지는 남산 순환로를 걸어올라 해목령 입구에서 부흥사 쪽으로 난 넓은 길로 해서 접근하는 게 편하다. (그러나 지금은 밤 산행이 제한되고 있다.)

상서장의
단풍

최치원의 집터

불우한 천재들을 품었던 남산

남산의 북편 끝자락에 최치원의 집터가 있다. 남산의 지세가 북쪽으로 치달아 굽이치고 꿈틀대며 내려오다가 멈춘 곳이다. 오른편은 남천의 냇물이 굽이친다. 앞쪽으로는 제법 넓은 들 너머 반월성 남쪽을 휘감아드는 남천의 굽이가 보인다.

이곳에 들를 때마다 생각나는 추억이 있다. 최치원의 시 가운데 「제(題)가야산독서당」이란 시를 만난 일이다.

대학 1학년 때였다.

첩첩 바위 사이 미친 듯 달려 겹겹 봉우리 울리니
지척에서 하는 말도 분간하기 어렵네
늘 시비하는 소리 귀에 들릴까 봐
짐짓 흐르는 물로 산을 귀먹게 했다네
狂噴疊石吼重巒
人語難分咫尺間
常恐是非聲到耳
故敎流水盡籠山

가야산 해인사 입구의 요란하게 물소리가 들리는 계
곡에 농산정이란 정자가 있는데, 그 건너편 물가 바위에
이 시가 새겨져 있다. 최치원이 직접 쓴 글을 새긴 것이
라 하는데, 확인은 안 되고 있다. 처음 이 시를 보았을 때
"이걸 탁본해야겠구나" 하는 마음이 대뜸 들었다. 왜 그
랬을까? 최치원의 글과 글씨라는 데서 그런 욕심을 짐
짓 한번 내본 것일 게다. 가까운 가게에서 먹과 한지를
샀다. 먹을 바위 위에다 갈았다. 먹물이 퍼지지 않게 하

최치원을 모신 상서장.

는 탄닌을 구할 수 없어 근처의 감나무에 달린 푸른 감을 으깨어서 먹물에 타 넣었다. 감에 탄닌 성분이 있다는 걸 용케 생각해낸 것이다. 그러고는 런닝구를 찢어서 솜방망이를 대신했다. 전지 두 장 정도의 크기여서 탁본하는 데 아침부터 저녁까지 꼬박 매달려야 했다. 지금도 집에 그 탁본이 있다.

최치원 집터를 에워싼 오래된 나무들의 단풍이 짙다. 단풍을 보니 또 생각나는 게 있다. 이 집의 이름이 단풍과 관계가 있다는 생각. 그의 집터에는 후손들이 재실을 겸해서 집을 지어 놓았다(상서장, 경상북도 기념물 제46호). 최치원의 영정을 모신 영정각도 있다. 재실의 현판에는 상서장(上書莊)이란 글씨가 뚜렷하다. 『삼국사기』에 따르면 그는 고려 태조 왕건이 흥기할 때 "계림(鷄林)은 황엽(黃葉)이요, 곡령(鵠嶺)은 청송(靑松)"이란 글을 보내 문안했다고 한다. "신라는 망해 가는 나라이며, 송악산 곧 고려는 흥하는 나라"라는 뜻이다. 단풍을 빗대 신라의 패망을 드러낸 것이다. '상서장'은 왕건에게 글을 올린 것을 기념하기 위해 지은 이름이다.

최치원은 12세의 어린 나이로 당나라로 유학 가서 18

세에 예부시랑 배찬이 주시한 빈공과(賓貢科)에 장원으로 급제, 뛰어난 문재가 널리 알려졌다. 명문으로 유명한 「격황소서(檄黃巢書)」는 그가 회남절도사 고변에게 의탁해 있을 때 고변의 황소 토벌에 종사관으로 참여하여 쓴 글이다. 이를 계기로 중국에서 벼슬도 하며 이름을 날렸다. 그러다 고국 신라에 돌아왔으나 이미 신라에 패망의 그림자가 짙게 드리워지던 때였다.

고국 신라에서 그는 불우했다. 그의 신분이 육두품으로 추정되고 있는데, 이 때문에 엄격한 신분사회의 벽을 뚫기에는 한계가 있었던 듯하다. 작은 고을의 태수 노릇으로 전전한 게 벼슬살이의 전부였다. 진성여왕 때 나라가 도탄에 빠지자 여러 차례 난국 타개를 위한 글을 올렸으나 번번히 묵살됐다. 결국 벼슬을 포기하고 가야산과 지리산 등을 떠돌았다. 고운(孤雲)이란 그의 호가 그런 삶과 잘 어울린다. 그런 그였지만 그가 고려 왕건에게 신라 패망의 참언을 올렸다는 것은 이해하기 어렵다. 고국 신라 사회에서 제대로 평가받지 못했지만, 그래도 의식 있는 신라의 지식인이었다. 그러므로 태조에게 글을 올렸다는 것과 참언은 후대에 누군가가 가작(假作)한 것이라는 설이 설득력을 갖는다.

2007년, 장쩌민 전 중국 국가주석의 고향인 장쑤성 양 저우에는 최치원 기념관이 건립되었다. 양저우 시 정부 가 당나라 시절 양저우에서 관리로 있었던 최치원을 기 리기 위해 세운 것이다. 당시 문장가로 널리 알려졌는 데, 중국이 아직 그를 기억하고 있는 것이 신기하다.

그에 비하면 우리나라에서의 그에 대한 대접은 여전 히 소홀한 게 아닌가 여겨진다. 그런 면에서 상서장은 한 불우한 천재를 떠올리게 하는 곳이다. 재능을 인정받 지 못해 뜻을 펼치지 못했고, 나라까지 망해 유민의 마 음으로 세상을 떠돈 삶. 남산은 그런 그의 삶을 어미처 럼 품었던 산이었다. 남산은 또 한 명의 불우한 천재를 품었던 적이 있다. 겨울의 끝자락에서 종일 산을 헤매며 매화가 피었는지 찾아다녔던 사내, 김시습이다. 이 두 사람으로 해서 남산은 한층 더 신비롭고 깊어졌다고 말 할 수도 있다.

이하석

1948년 경북 고령에서 출생하여 6세 때 대구로 이주, 쭉 대구에서 살아오고 있다. 1971년『현대시학』추천으로 등단했다. 시집『투명한 속』,『김씨의 옆얼굴』,『우리 낯선 사람들』,『측백나무 울타리』,『금요일엔 먼 데를 본다』,『녹』,『것들』,『상응』,『연애 間』,『천둥의 뿌리』,『향촌동 랩소디』등이 있다. 대구문학상, 김수영문학상, 도천문학상, 김달진문학상, 김광협문학상, 이육사시문학상, 대구시문화상 등을 수상했다.

코 떼인 경주 남산

초판 1쇄 발행 2020년 11월 27일

지은이 이하석
펴낸이 오은지
책임편집 변홍철
편집 오은지 변우빈
디자인 정효진
펴낸곳 도서출판 한티재 등록 2010년 4월 12일 제2010-000010호
주소 42087 대구시 수성구 달구벌대로 492길 15
전화 053-743-8368 팩스 053-743-8367
전자우편 hantibooks@gmail.com 블로그 www.hantibooks.com
한티재 온라인 책창고 hantijae-bookstore.com

ⓒ 이하석 2020
ISBN 979-11-90178-43-3 03810

이 도서는 한국출판문화산업진흥원의
'2020년 우수출판콘텐츠 제작 지원' 사업 선정작입니다.

이 도서의 국립중앙도서관 출판예정도서목록(CIP)은
서지정보유통지원시스템 홈페이지(http://seoji.nl.go.kr)와
국가자료종합목록 구축시스템(http://kolis-net.nl.go.kr)에서 이용하실 수 있습니다.
(CIP제어번호 : CIP2020049108)